Von Doris Lessing
sind als Heyne-Taschenbücher erschienen:

Die Liebesgeschichte der Jane Somers · Band 01/8125
Das fünfte Kind · Band 01/8126
Das Tagebuch der Jane Somers · Band 01/8212

DORIS LESSING

BERICHT ÜBER DIE BEDROHTE STADT

Vier Erzählungen

WILHELM HEYNE VERLAG
MÜNCHEN

HEYNE ALLGEMEINE REIHE
Nr. 01/8326

Wilhelm Heyne Verlag GmbH & Co. KG, München
Printed in Germany 1991
Quellenangabe: s. Anhang
Umschlagillustration: Gerd Weissing / Nürnberg
Umschlaggestaltung: Atelier Ingrid Schütz, München
Satz: Compusatz GmbH, München
Druck und Bindung: Elsnerdruck, Berlin

ISBN: 3-453-05255-2

Inhalt

Bericht über die bedrohte Stadt

DRINGLICHKEITSMELDUNG NR. 1

Alle koordinierten programme alle pläne alles schriftliche material ungültig. Zustand der stadt jetzt anders als von uns vorhergesehen. Alle programme einstellen alle planer alle vorausberechner instruieren auf neue lage hin aufgrund folgender information.

DRINGLICH

Achtung basis die übertragung auf diesem kanal wird wahrscheinlich durch sendematerial aus hiesigem bereich unterbrochen werden. Unser brennstoff ist knapp und darum jetzt nur dieser eine kanal in betrieb

Zusammenfassung der Hintergrundinformationen zum Einsatzauftrag

Seit unser Planet entdeckt hat, daß dieser Stadt Zerstörung oder schwere Beschädigung bevorsteht, sind alle Berechnungen und Pläne unserer Dienststelle auf *ein* Erfordernis hin ausgerichtet: Wie man die Stadt erreichen und ihre Bewohner vor dem warnen kann, was auf sie zukommt. Nach Beobachtung ihres Verhaltens sowohl durch Sternsehapparate als auch von unseren unbemannten Raumsonden aus, die wir in periodischen Abständen während des letzten Jahres, nach ihrer Zeitrechnung, abgeschossen haben, kamen unsere Beauftragten für Auswärtige Angelegenheiten zu dem Schluß, daß diese Lebewesen nicht die geringste

Ahnung haben können von dem, was sie bedroht, daß ihre Technologie, wenngleich in mancher Hinsicht weit fortgeschritten, dennoch eine riesige Lücke hat, eine Lücke, die sich in der Tat als deckungsgleich mit jener Zone der Unwissenheit bestimmen läßt: mit dem Nicht-Wissen, was auf sie zukommt. Diese Lücke schien unmöglich. Unsere Wissenschaftler wandten viel Zeit und Mühe auf, um festzustellen, was für ein Gehirn diese Geschöpfe haben könnten, das diesen offensichtlichen Widerspruch zuließ – wie schon festgestellt: eine Technologie, die äußerst fortgeschritten auf dem einen Gebiet, gleich Null auf dem anderen ist. Unsere Fachleute mußten die Lösung des Problems aufschieben, da ihre Theorien zunehmend unwahrscheinlicher wurden und keine uns bekannte Spezies auch nur im entferntesten dem entspricht, was wir von dieser da annehmen mußten. Es wurde das vielleicht interessanteste unserer ungelösten Probleme – Herausforderung und Niederlage für eine Forschungsabteilung nach der anderen.

Zusammenfassung der Ziele dieses Einsatzauftrags

In der Zwischenzeit – jede Spekulation wurde ausgeklammert, so reizvoll diese auch sein mochte – sind alle unsere Mittel mit größter Eile und mit Nachdruck ausgeschöpft worden, um ein Raumschiff zu entwickeln, das in der Lage wäre, eine Mannschaft auf diesem Planeten landen zu lassen; denn es war ja unsere Absicht – nachdem wir sie gewarnt und ihnen die Information gegeben hatten, die zwar uns, aber (so glaubten wir) nicht ihnen verfügbar war (weshalb die Warnung notwendig wurde) –, ihnen noch mehr anzubieten: unseren Beistand. Wir hatten vor, ihnen bei der Räumung des Gebietes zu helfen, die Bevölkerung anderswo unterzubringen, die Schockwirkung in dem Gebiet aufzufangen und dann, nachdem das geschehen wäre, was wir schließlich auch für andere Planeten getan haben, da unsere besondere geistige Struktur sich für diese Art der Voraussage und Hilfe eignet, zur Basis zurückzukehren, wobei wir einige geeignete Exemplare von ihnen mitnehmen wollten, um sie derart auszubilden, daß die Lücke in ihrem Geist und folglich in ihrer Wissenschaft überbrückt werden könnte. Den ersten Teil führten wir aus; das heißt, es gelang uns, in der vorgegebenen Zeit ein Raumschiff zu entwickeln, das den Transport einer Mannschaft von hinreichender Stärke auf diesen Planeten ermöglichte. Das Unternehmen strapazierte unsere eigene Technologie und stellte gewisse, von uns lang gehegte Pläne hintan. Aber unser Raumschiff ist vor sieben Tagen hier gelandet, an der westlichen Küste der Landmasse, wie geplant und ohne irgendwelche Schwierigkeiten.

Beschreibung des Hauptproblems

Ihr werdet euch gefragt haben, warum es bis jetzt keine Übertragungen gegeben hat. Dafür gibt es zwei Gründe. Erstens: Uns wurde sofort klar, daß unser Treibstoffvorrat viel stärker beansprucht werden würde als vorhergesehen und daß wir sparen müßten. Zweitens: Wir warteten ab, da wir selber noch nicht verstanden, was vorging. Wir erkannten das Problem nicht. Denn es war uns fast von Anfang an klar, daß all unser Grübeln über »die Lücke in ihrer geistigen Struktur« an der Sache gänzlich vorbeiging. Wir haben nie begriffen, worin das Problem eigentlich besteht. Es ist so unwahrscheinlich, daß wir die Mitteilung darüber hinausschoben, bis wir uns ganz sicher waren. Die Schwierigkeit mit dieser Spezies ist nicht, daß sie unfähig wäre, die unmittelbare Zukunft vorherzusagen; vielmehr ist es so, daß sie sich nicht darum zu kümmern scheint. Doch ist das, aufs Ganze gesehen, wohl eine zu simple Beschreibung ihres Zustandes. Wäre es so einfach – daß die Spezies wüßte, innerhalb von fünf Jahren wird ihre Stadt zerstört oder teilweise zerstört, und sie bliebe gleichgültig –, dann müßten wir wohl sagen: Dieser Spezies fehlt die Grundeigenschaft, die jeder Gattung von Lebewesen notwendigerweise eigen ist: der Lebenswille. Herauszufinden, welcher Mechanismus da im Spiel ist – diese Bemühung ist die Ursache unserer Verspätung. Die ich jetzt teilweise wiedergutmachen möchte, indem ich einen Rechenschaftsbericht gebe über das, was uns widerfuhr, Schritt für Schritt. Das wird zugleich eine ins Detail gehende Beschreibung einer Spezies und eines Zustandes sein, für die es in der Geschichte unserer Beziehungen zu den bewohnten Planeten keine Parallele gibt.

Eine unmögliche Tatsache

Zunächst ist da jedoch eine Tatsache, die ihr kaum glauben werdet. Wir entdeckten sie nicht sofort, aber als es dann geschah, war es ein Moment von größter Tragweite für unsere Forschungsreise; er befähigte uns, unser Problem ganz klar zu sehen. *Diese Stadt hat eine Katastrophe größeren Ausmaßes erlebt, vor ungefähr 65 Jahren, nach ihrer Zeitrechnung.*

Ein Gedanke drängte sich sofort auf: Unsere Experten wußten nichts über das vergangene Unglück, nur über das bevorstehende. Unser Denkvermögen ist auf seine Weise genauso unzulänglich wie das ihre. Wir waren zu dem Schluß gekommen, daß sie eine Lücke hätten, daß diese Lücke es ihnen unmöglich mache, in die nahe Zukunft zu blicken. Einmal zu diesem Schluß gekommen, hatten wir nie eine weitere Möglichkeit in Betracht gezogen, die Wahrheit nämlich: daß sie keine Lücke hatten, daß sie über die angedrohte Gefahr Bescheid wußten und sich nicht darum kümmerten. Oder sich so verhielten, als ob sie es nicht täten. Da wir unfähig waren, uns die letztgenannte Möglichkeit vorzustellen, richteten wir unsere Gedanken und unsere Instrumente nicht rückwärts in die Zeit – ihre Zeit. Wir nahmen es als völlig erwiesen an, waren unserer Überzeugung derart gewiß, daß wir in unserer Handlungsfähigkeit genauso eingeschränkt waren, wie diese Geschöpfe es aufgrund ihrer Überzeugungen sind. Wir glaubten (da wir selbst so eingerichtet sind), es sei ganz unmöglich, daß ein Unglück bereits geschehen sein könnte; denn wäre uns so etwas zugestoßen, dann hätten wir von diesem Ereignis gelernt und die entsprechenden Schritte unternommen. Wegen einer Reihe falscher Annahmen und der Unfähigkeit, uns vom eigenen Denkschema zu lösen, entging uns also eine Tatsache, die uns einen Hinweis auf ihre ganz außergewöhnliche Eigentümlichkeit hätte geben sollen: die Tatsache, daß sie erst vor so kurzer Zeit eine solche Katastrophe erlebt hatten, wie sie ihnen jetzt wieder bevorsteht, und das schon bald.

Die Landung

Unsere unbemannten Sonden landen schon seit Jahrhunderten auf ihrem Planeten, sie haben die verschiedensten Formen und sind von unterschiedlichem Material. Diese Landungen geschahen bis vor einem Jahr in langen Abständen, und zwar deshalb, weil die hiesige Spezies, abgesehen von ihrem einzigartigen Willen zur Zerstörung und ihrer Kriegslust, weder die bemerkenswerteste noch die interessanteste unter denen ist, die in der Raumflugphase unserer Technologischen Revolution erforscht wurden. Aber in der letzten Zeit sind zwölf unserer Raumschiffe dort gelandet, jedes während der Zeit, als ihr Planet sein volles Lichtpotential hatte, und jedesmal nahe bei der fraglichen Stelle. Das ging leicht, weil das Gelände Halbwüste ist und gering besiedelt. Wir wählten ein Material für das Raumschiff, das als ihre Lichtsubstanz erscheinen würde – was der Grund ist, weshalb wir immer maximal ihr Planetenlicht für Landungszeiten ausgenutzt haben. Diese Raumschiffe waren, wenn überhaupt, nur als starkes Mondlicht sichtbar. Das für die gegenwärtige Mission verwendete Raumschiff, das dreizehnte in dieser Serie, besitzt eine höhere Dichte, da es bemannt ist.

Wir landeten nach Plan. Der Himmel war klar, ihr Mondlicht stark. Wir merkten sofort, daß wir sichtbar waren, denn eine Horde ihrer Jungen war in der Nähe, etwa 50 oder 60 von ihnen, die mit einem Paarungsritual beschäftigt waren, das Feuer, Essen und starken Lärm einschloß, und als wir uns senkten, zerstreuten sie sich. Als wir ihre Gedankenströme anzapften, erwies sich, daß sie glaubten, unsere Sonde sei außerirdisch, aber daß es ihnen nichts ausmachte – nein, das ist keine genaue Beschreibung, aber vergeßt nicht, wir versuchen einen geistigen Zustand zu beschreiben, den niemand von uns für möglich halten konnte. Es war nicht so, daß sie uns gegenüber gleichgültig gewesen wären, aber Gleichgültigkeit war bestimmend für all ihre Denkprozesse und wurde von uns als Blockierung oder Barriere empfunden. Nachdem die jungen Geschöpfe fort waren, prüften wir sorgfältig das Gelände und entdeckten, daß wir uns auf einem Hochplateau befanden, das zu Bergen aufsteigt; Binnenland in der Wassermasse, an deren Rand die Stadt liegt. Eine Gruppe älterer Exemplare kam an. Wir wissen jetzt, daß sie in der Nähe leben und alle auf irgendeine Art Ackerbau betreiben. Sie kamen ganz nahe heran und beobachteten das Raumschiff. Eine Erkundung ihres Gehirns zeigte eine andere Art geistiger Blockierung. Sogar in diesem frühen Stadium waren wir in der Lage, einen Unterschied in der Beschaffenheit ihrer Gedankenströme zu denen der Jungen festzustellen, was, wie wir später erfuhren, auf folgendes hinauslief: Die Älteren fühlten sich verantwortlich, zu handeln, und hatten auch die Macht dazu; sie betrachteten sich als Glieder der Gesellschaft, wohingegen die Jungen ausgeschlossen waren oder sich entschlossen hatten, sich selbst auszuschließen. Als sich dieses Gebiet des Planeten ins Sonnenlicht hindrehte, wurde uns klar, daß unser Fahrzeug nicht mehr sichtbar war; denn zwei dieser älteren Geschöpfe kamen so nahe heran, daß wir befürchteten, sie würden augenblicklich in das Kraftfeld eindringen. Aber sie zeigten das Bewußtsein unserer Gegenwart durch andere Symptome an – Kopfschmerzen und Brechreiz. Sie ärgerten sich, daß ihnen dieser Schaden zugefügt worden war – was sie ja hätten verhindern können, indem sie sich ein bißchen entfernten; doch gleichzeitig empfanden sie Stolz. Diese Reaktion unterstrich den Unterschied zwischen ihnen und den Jungen: Sie waren stolz auf das, was wir ihrer Meinung nach repräsentierten; denn anders als die Jungen glaubten sie, daß wir eine Art Waffe seien, entweder von ihrer eigenen Landmasse oder von einer feindlichen, jedenfalls von ihrem eigenen Planeten.

Kriegerische Verhaltensmuster

Jeder im Sonnensystem weiß, daß diese Spezies sich in einem Prozeß der Selbstzerstörung oder partieller Selbstzerstörung befindet. Das ist eine Krankheit dieser Gattung. Die größten und mächtigsten Gruppierungen – sie bilden sich aufgrund ihrer geographischen Lage – werden völlig von ihren kriegerischen Zwecken beherrscht. Vielmehr *ist* jede Gruppierung ein kriegerischer Zweck, da ihre gesamte Wirtschaft, ihr individuelles Leben, alle ihre Maßnahmen dem Bedürfnis untergeordnet sind, einen Krieg vorzubereiten oder zu führen. Diese völlige Beherrschung eines Landgebiets durch sein kriegerisches Treiben ist den Bewohnern des Gebietes nicht immer sichtbar, da die Spezies in der Lage ist, auch wenn sie gerade Krieg führt oder ihn vorbereitet, sich für friedliebend zu halten – ja, dies gehört in der Tat zum Thema, ist der Kern der Sache.

Rationales Handeln unmöglich

Hier nähern wir uns der Art von Blockierung oder Deformation ihres Geistes – wir stellen das an dieser Stelle fest, obgleich wir es erst später zu verstehen begannen. *Es ist nämlich so: Sie sind fähig, gleichzeitig verschiedene, einander widersprechende Meinungen im Kopf zu haben, ohne das zu bemerken.* Darum ist es so schwer für sie, rational zu handeln. Nun wird aber die Kriegsmaschinerie eines jeden geographischen Raums nicht von seinen Bewohnern kontrolliert, sondern sie kontrolliert sich selbst. Jedes Gebiet ist intensiv dabei, hochentwickelte Kriegswaffen aller Art (von Geräten, mit denen der menschliche Geist zu manipulieren ist, bis hin zur Raumschiffahrt) zu erfinden, zu vervollkommnen – und vor den eigenen Bewohnern wie auch vor dem »Feind« geheimzuhalten.

Zum Beispiel waren die Landungen auf ihrem Mond, unlängst groß ausposaunt von den Gruppierungen der geographischen Gebiete, die sie durchgeführt haben, und atemlos verfolgt von den Bewohnern des ganzen Planeten, keineswegs die ersten, die von besagten Gruppierungen vollbracht worden sind. Nein, die ersten »Mondlandungen« fanden heimlich statt, und zwar zum Zwecke der Überlegenheit der einen Gruppierung im Kriegsfalle über eine andere, und die unterwürfige Bevölkerung erfuhr nichts davon. Eine große Anzahl der Geräte und Maschinen, die von den Kriegsministerien eingesetzt werden, werden ständig in allen Teilen der Erde getestet. Die Bewohner können sie dabei teilweise oder gar in voller Größe erblicken und berichten dann den Behörden davon. Einige dieser Geräte sind (zumindest im Aussehen) den Sonden außerirdischer Herkunft ähnlich. Bürger, die von »Fliegenden Untertassen« berichtet haben – um einen ihrer bildhaften Ausdrücke zu gebrauchen –, können ebensogut die neuesten Geräte ihrer eigenen Gruppierung beim Test gesichtet haben wie eine unserer Beobachtungssonden oder eine von der Jupiter-Familie. Ein solcher Bürger wird erleben, daß, nachdem er bis zu einer gewissen Stufe in der Hierarchie des Beamtentums vorgedrungen ist, seine Beobachtungen totgeschwiegen werden – er wird auf unterschiedliche Weise abgewiesen, lächerlich gemacht oder sogar bedroht. Wie üblich wurde kürzlich eine Beratende Kommission von hochgestellten Beamten gebildet, um die Hinweise über die bis zum gegenwärtigen Zeitpunkt zahllos gesichteten »Unidentifizierten fliegenden Objekte« aufzunehmen und darüber zu berichten, aber diese Kommission beendete ihre Beratungen mit öffentlichen Verlautbarungen, die die Lage genauso beließen wie zuvor. Der offizielle Bericht erwähnte nirgends, daß ein Minderheitsbericht existierte, der von einigen aus ihren eigenen Reihen verfaßt worden war. Diese Art des Verhaltens ihrer öffentlichen Repräsentanten wird von der Bevölkerung geduldet. Eine große Anzahl von Menschen sieht überall auf dem Planeten Fahrzeuge wie die unsrigen oder wie die von anderen Planeten, sieht Kriegsmaschinen aus ihrem eigenen Gebiet oder aus anderen geographischen Gebieten. Aber die Atmosphäre, die von den alles beherrschenden Kriegsministerien geschaffen wird, ist derart, daß diese einzelnen Personen als nicht zurechnungsfähig betrachtet werden oder als irregeleitet. Bis einer von ihnen nicht wirklich eine solche Maschine oder ein Raumschiff gesehen hat, neigt er zu der Überzeugung, daß jeder, der so etwas behauptet, verrückt sei. Da er dies weiß, spricht er nicht darüber, wenn er tatsächlich einmal etwas sieht. Aber so viele einzelne Personen haben jetzt die Dinge mit eigenen Augen gesehen, daß es derzeit überall Subgruppierungen Abtrünniger und Unzufriedener gibt. Sie sind unterschiedlichen Alters, und sie gehen durch die allergrößte und am weitesten verbreitete Subkultur, nämlich die der Jungen dieser Spezies, die aufgewachsen sind in einer Gesellschaft der totalen Kriegsbereitschaft und die natürlich widerwillig einer Zukunft entgegenblicken, die nur frühen Tod oder Verstümmelung bedeuten kann, und die darauf so reagieren, wie schon früher erwähnt: mit der Abneigung, sich an der Verwaltung ihrer unterschiedlichen Gesellschaftsformen zu beteiligen. Die Älteren scheinen viel eher in der Lage zu sein, sich selbst etwas vorzumachen, Worte wie »Frieden« zu gebrauchen, wenn sie ein kriegsähnliches Verhalten zeigen, und sich mit ihren geographischen Gebieten zu identifizieren. Die Jungen können klarer denken, sehen den Planeten viel eher als einen einheitlichen Organismus an, doch sind sie auch passiver und hoffnungsloser. Wir stellen die Hypothese zur Debatte, daß die Energie der Älteren vielleicht größer oder zumindest zielstrebiger ist wegen ihrer relativen Beschränktheit und ihrer Identifikation mit unbedeutenden Ideen.

Wir sind nun in der Lage zu erklären, warum die Jungen, die wir in der Nacht unserer Landung angetroffen haben, uns auswichen. Einige von ihnen hatten bereits einschlägige Erfahrungen gemacht; sie hatten Behörden gegenüber darauf beharrt, sie hätten seltsame Maschinen und Objekte verschiedenster Art gesehen, und waren daraufhin entmutigt oder bedroht worden. Sie würden zwar dazu bereit sein, das, was sie gesehen hatten, in ihren eigenen Nachrichtenblättern zu veröffentlichen oder es mündlich zu verbreiten; doch anders als die Generation ihrer Eltern, von denen die meisten nicht in der Lage zu sein scheinen, das ganze Ausmaß ihrer Unterjochung unter die Kriegszwecke zu begreifen, würden sie sich nie in eine Lage begeben, in der ihre Obrigkeit sie gefangennehmen oder verhören könnte. Die älteren Lebewesen dieses Gebiets, die alle unsere früher dort gelandeten zwölf Raumschiffe sahen, haben eine ganz andere Haltung entwickelt. Einige berichteten, was sie gesehen hatten, und sind entmutigt worden. Ein oder zwei, die darauf beharrten, sind als verrückt bezeichnet und mit Einsperrung bedroht worden. Im ganzen aber haben sie die Haltung der Obrigkeit als Direktive genommen, sich nicht um fremde Angelegenheiten zu kümmern. Im Gespräch untereinander sind sie übereingekommen, auf eigene Faust Beobachtungen anzustellen und nicht zuviel über das zu reden, was sie gesehen haben. In dieser Gruppe gibt es zwei Spione, die dem Kriegsministerium Bericht erstatten, was man beobachten konnte und wie die Reaktionen der anderen waren.

Erster Versuch einer Warnung

Damit kommen wir zu unserem ersten Versuch, eine Warnung zu übermitteln. Da die ungefähr zwanzig Älteren bereits an der Stelle waren und keine Angst hatten, auf dem Gelände zu bleiben, von dem sie annahmen, wir könnten wieder dort herunterkommen – sie wußten nicht, daß nur die Stärke des Sonnenlichts uns unsichtbar machte –, entschlossen wir uns, sie zu benutzen, und schalteten uns erneut in ihren Gedankenstrom ein, diesmal mit dem Versuch, unsere Botschaft zu übermitteln. Aber da gab es eine Barriere oder zumindest etwas, das wir nicht verstehen konnten, und es war für uns zeitraubend. Wir waren uns bereits bewußt, daß uns die Energie ausgehen könnte.

Die Unfähigkeit, Angst zu haben

Jetzt natürlich wissen wir, daß wir etwas falsch eingeschätzt haben; denn da wir erwarteten, die Nachricht von dem bevorstehenden Unglück werde ihre Denkmaschine in Panik versetzen, gaben wir die Nachricht sehr vorsichtig und langsam ein und brauchten so einen ganzen Tag und eine Nacht dazu. Als wir auf die Blockierung oder den Widerstand stießen, schoben wir es auf die Angst. Wir irrten uns. Dies ist vielleicht der Augenblick, ein psychologisches Gesetz zu nennen, das wir als elementar für sie betrachten: Es handelt sich um eine Spezies, die immun gegen Angst ist – aber das wird später, falls die Energie ausreicht, noch näher ausgeführt. Als wir nach Ablauf des Tages und der Nacht noch immer auf denselben Widerstand trafen, gestanden wir uns eine weitere Zeitspanne von einem Tag und einer Nacht zu, um die Botschaft in der Hoffnung zu wiederholen, daß sie die Angst – die wir damals vermuteten – überwinden würden. Am Ende der zweiten Übermittlungsphase gab es keine Änderung in ihrer geistigen Verfassung. Ich wiederhole: keine. Jetzt wissen wir, was damals unserem Verständnis völlig entging: Wir teilten ihnen etwas mit, das sie bereits wußten. Da wir zu jener Zeit keine Voraussetzungen hatten, derartiges zu vermuten, kamen wir zu dem Schluß, daß diese besondere Personengruppe aus irgendeinem Grund ungeeignet für unsere Zwecke sei und daß wir einen völlig anderen Typ ausprobieren müßten, und zwar möglichst eine andere Altersgruppe. Wir hatten es mit vollentwickelten Individuen versucht. Wir hatten schon vermutet, was sich seitdem bestätigt hat: Je älter die Wesen dieser Gattung werden, desto weniger offen sind sie für neues Gedankengut. Nun trifft es sich, daß die Landungsstelle unseres Raumschiffs sich in einem Gebiet befindet, das häufig für die schon erwähnten Paarungsriten benutzt wird. Mehrmals während der zwei Tag-und-Nacht-dauernden Perioden unseres Versuchs mit der Gruppe der Älteren waren junge Leute in verschiedenen Typen von Metallmaschinen aus der Stadt angekommen – und recht schnell wieder verschwunden; wenn sie uns auch nicht sahen, so fühlten sie doch zumindest unsere Anwesenheit. Sie kamen alle bei Tageslicht an. Aber am dritten Tag, als die Sonne unterging, kamen vier Junge in einem Metallfahrzeug, stiegen aus und setzten sich ziemlich nah zu uns auf eine kleine, felsige Erhöhung.

Sie sahen wie gesunde, kräftige Exemplare aus, und wir begannen unsere Information zu übermitteln, allerdings in einer stärkeren Konzentration als in dem vorhergehenden Versuch. Doch trotz der erhöhten Energie absorbierten die vier, was wir ihnen eingaben, und reagierten auf genau dieselbe Weise wie die Älteren. Wir verstanden das nicht, und deshalb nahmen wir in Kauf, sie möglicherweise in panikartige Flucht zu versetzen, konzentrierten unsere Botschaft als Ganzes auf den Zeitraum zwischen Sonnenuntergang und -aufgang (wozu wir bei der Gruppe der Ausgewachsenen zwei volle Tage und Nächte benötigt hatten). Ihr Geist wies das, was wir sagten, weder zurück, noch vergingen sie vor Angst. Sie teilten einander ganz mechanisch mit, was wir ihnen eingaben. Es klang etwa so, immer wieder – und in Variationen:

»Die sagen, wir haben nur noch fünf Jahre.«

»Das ist schlimm.«

»Mensch, das wird ja richtig schlimm.«

»Wenn das passiert, ist's das Allerschlimmste.«

»Die halbe Stadt könnte dabei umkommen.«

»Die sagen, so schlimm könnte es werden.«

»Irgendwann in den nächsten fünf Jahren, sagen die.«

Es war, als schütte man eine Flüssigkeit in einen Behälter, der ein Loch hat. Die Gruppe der Älteren hatte zwei Tage und Nächte herumgesessen und wiederholt, daß die Stadt der Zerstörung anheimfallen werde, als sagten sie, sie müßten mit Kopfschmerzen rechnen, und jetzt taten diese vier dasselbe. Irgendwann hörten sie mit diesen monotonen Wechselreden auf, und ein junges, weibliches Wesen, das sich selbst auf einem Saiteninstrument begleitete, begann mit etwas, was sie Song nennen; das heißt, die sprachlichen Äußerungen hören auf, ein Wechsel zwischen zwei oder mehreren Einzelpersonen zu sein; ein Einzelner oder eine Gruppe gibt eine Erklärung ab, wobei sie die Klangskala, die bei gewöhnlichem Redewechsel üblich ist, bedeutend erweitern. Das junge, weibliche Wesen brachte die Information, die wir den vieren eingespeist hatten, mit folgenden Worten heraus:

Wir wissen ja, die Erde hier
Wird untergehen.
Wir wissen ja, der Boden unter uns
Wird beben.
Wir wissen es, und drum:
Essen und trinken und lieben wir,
Halten hoch den Kopf,
Halten uns an die Liebe,
Denn sterben müssen wir.

Phase I aufgeben

Und sie fuhren mit ihren Paarungsritualen fort. Wir hörten dann mit der Aussendung des Gedankenmaterials auf, aus dem einfachen Grund, weil wir bereits ein Viertel unseres Energievorrats ohne Ergebnis verbraucht hatten. Das also war das Ende der Phase I, des Versuchs, dem Gehirn ausgewählter Individuen der Spezies Warnmaterial für eine automatische telepathische Weitervermittlung einzugeben. Wir nahmen Phase II in Angriff, also die Inbesitznahme des Geistes geeigneter Einzelwesen in einer planmäßigen Kampagne, um sie als Sprachrohr für die Warnungen einzusetzen. Wir entschlossen uns, die erste Phase aufzugeben, da wir den Eindruck hatten, das Material laufe glatt durch ihren Geistesapparat hindurch wie Wasser durch ein Sieb, weil es für die bestehende Ausrüstung ihres Geistes derart fremd ist, daß sie nicht fähig sind, das, was wir ihnen sagten, zu begreifen. Anders gesagt, wir hatten noch keine Ahnung davon, daß sie nur deshalb nicht reagierten, weil der übermittelte Gedanke ein Gemeinplatz war.

Versuch Phase II

Drei von uns begleiteten darum die vier Jugendlichen in ihrer Maschine, als sie zur Stadt zurückkehrten, weil wir glaubten, in ihrer Begleitung am schnellsten geeignete Personen für die Informationsübernahme zu finden – wir waren zu der Überzeugung gekommen, daß die Jüngeren wahrscheinlich brauchbarer seien als die Reiferen. Die Art, wie sie mit der Maschine umgingen, schockierte uns. Es war selbstmörderisch. Ihre Transportmethoden sind lebensgefährlich. Während der Zeit, die sie brauchten, um die Vororte der Stadt zu erreichen – zwischen dem Aufhellen des Dunkels und dem Erscheinen der Sonne – gab es vier Beinah-Zusammenstöße mit anderen, ebenso leichtsinnig gesteuerten Fahrzeugen. Die vier Jungen jedoch zeigten keinerlei Angst und reagierten mit dem Mechanismus, der Gelächter genannt wird; das bedeutet: wiederholtes heftiges Zusammenziehen der Lunge, was geräuschvolles Ausstoßen der Luft zur Folge hat. Diese Fahrt, ihr Leichtsinn, ihre Gleichgültigkeit dem Tod und dem Schmerz gegenüber, ließen uns folgern, daß diese Vierergruppe, wie die Gruppe der zwanzig Älteren, atypisch sei. Wir spielten mit dem Gedanken, daß es eine große Anzahl von unzulänglichen Lebewesen in dieser Spezies gebe und daß wir keine sehr glückliche Auswahl getroffen hätten. Die Maschine wurde angehalten, um aufgetankt zu werden; die vier stiegen aus und spazierten umher. Drei weitere Junge saßen aneinandergedrängt, wie erstarrt, auf einer Bank. Wie all die anderen Jungen trugen sie recht abwechslungsreiche Kleidung und langen Kopfpelz. Sie hatten verschiedene Musikinstrumente bei sich. Unsere vier versuchten sie zu wecken, was teilweise gelang. Die Antworten der drei kamen langsam und waren, so schien uns, sogar noch unbeholfener und unzulänglicher. Entweder verstanden sie nicht, was gesagt wurde, oder konnten nicht mitteilen, was sie verstanden hatten. Wir bemerkten dann, daß sie unter dem Einfluß irgendeiner Droge standen. Sie hatten reichlich davon, und die vier wollten sich auch in ihre Macht begeben. Es war eine Droge, die die Sensibilität schärft, normale Reaktionen jedoch hemmt: Die drei waren sensibler für unsere Anwesenheit, als es die vier gewesen waren – die hatten unsere Anwesenheit in dem Fahrzeug überhaupt nicht wahrgenommen. Einmal aus ihrem Halbbewußtsein aufgeweckt, schienen die drei uns zu sehen oder zumindest zu fühlen und richteten an uns ein Gemurmel der Anerkennung oder des Willkommens. Sie schienen uns mit dem Erscheinen der Sonne über dem Gebäude der Auftank-Stelle in Verbindung zu bringen. Nachdem die vier die drei überredet hatten, ihnen etwas von den Drogen abzugeben, gingen sie zu ihrem Fahrzeug. Wir entschieden uns, bei den dreien zu bleiben, da wir glaubten, daß ihre Sensibilität gegenüber unserer Anwesenheit ein gutes Zeichen sei. Als wir ihren Gedankenstrom prüften, fanden wir ihn recht frei und ungebunden, ohne die Widerstände und Spannungen der anderen, die wir geprüft hatten. Wir nahmen dann Besitz von ihrem Geist – dies war der einzige Moment wirklicher Gefahr während der ganzen Mission. Eure Abgesandten hätten sehr leicht dabei zugrundegehen können, indem sie einer schwer zu beschreibenden Verwirrung und Heftigkeit anheimfielen. Zum Beispiel wußten wir zu jener Zeit nicht zu unterscheiden zwischen den Wirkungen der Droge und den Wirkungen ihrer Sinnesorgane. Jetzt wissen wir Bescheid und wollen eine kurze Beschreibung versuchen. Die Droge bewirkt, daß die Mechanismen, die mit Funktionen wie Gehen, Sprechen, Essen und so weiter zu tun haben, langsamer werden oder durcheinandergeraten. Indessen öffnen sich die Gehör-, Geruchs-, Gesichts-, Tastsinne und werden sensibilisiert. Für uns jedoch, die wir in ihren Geist eindringen, ist es jedenfalls ein Überfall, und zwar wegen des Phänomens, das sie Schönheit nennen – was für eine Umschreibung ist für das, was sie im Normalzustand mit ihren Sinnen aufnehmen. Für uns ist das, als wenn wir mitten in eine Farbexplosion gerieten; denn das ist ja gerade der bestürzendste Unterschied zwischen unserer Art wahrzunehmen und der ihren: Die physische Struktur ihres Geistes erscheint in Schwingungen von leuchtenden Farben. In einen nicht unter Drogen gesetzten Geist zu dringen, ist für unsereins schon nicht leicht; das Gleichgewicht zu halten, ist schwierig. Wie die Dinge lagen, hätte es leicht passieren können, daß wir in Betrachtung der lebhaften Farben hinweggefegt worden wären.

Notwendigkeit, den Bericht wegen Energiemangels zu verkürzen

Obwohl die Versuchung groß ist, bei diesem Thema zu verweilen, müssen wir den Bericht verkürzen, wenn wir den Kanal weiterhin nutzen wollen: Der Druck des hiesigen Sendematerials wird allmählich sehr stark. Kurz gesagt also: Die drei Jungen, taumelnd vor Begeisterung über diese leuchtende Dimension, von der wir alle natürlich durch Deduktion wissen, der wir uns aber, wie wir euch versichern können, nicht einmal in der Vorstellung haben nähern können, sangen schreiend, daß die Stadt verdammt sei, und blieben am Straßenrand stehen, bis eine der so zahlreichen Maschinen anhielt, um uns mitzunehmen. Wir wurden rasch in die Stadt befördert. Zwei Wesen saßen in dem Fahrzeug, beide jung, und keines reagierte in irgendeiner Weise auf die Warnungen, die wir ihnen durch den Geist, vielmehr durch die Stimmen unserer Wirtsleute, übermittelten. Am Ende dieser rasenden Bewegung kamen wir in der Stadt an, die sehr groß, bevölkerungsreich und rund um die weite Einbuchtung der Wassermasse gebaut ist. Sie ist äußerst lebhaft, farbenfroh und übt starken Einfluß auf das Urteilsvermögen aus, und sie trieb die Attacke auf unser Gleichgewicht auf die Spitze. Wir kamen zögernd zu dem Schluß, daß es unserer Spezies unmöglich ist, folgende Methode anzuwenden: sich wirklich in den Besitz ausgewählter Geister zu bringen, mit dem Ziel, die Information weiterzugeben. Es ist eine zu heftige Verwandlung für uns. Da wir nun einmal da waren und es uns gelang, nicht in ein äußerst farbenfrohes Vergnügungswirrwarr hineingerissen zu werden, kamen wir überein, dort zu bleiben, wo wir waren; und die drei, die wir in Besitz genommen hatten, verließen das Fahrzeug, gingen in die Straßen und schrieen die Fakten hinaus, wie wir sie uns dachten: Es sei kaum zweifelhaft, daß irgendwann innerhalb der nächsten fünf Jahre ein starkes Planetenbeben an dieser Stelle stattfinden werde und daß der größere Teil der Stadt zerstört würde, mit schweren Verlusten unter der Bevölkerung. Es war früh am Morgen, aber viele waren schon unterwegs. Wir warteten auf irgendeine Art Reaktion auf das, was wir ihnen sagten, zumindest auf Interesse, Erkundigungen, irgendeine Erwiderung, auf die wir mit Rat und Hilfsangeboten antworten könnten. Aber von den vielen, die wir auf dem kurzen Gang durch die Straßen trafen, *nahm keiner überhaupt irgendwelche Notiz davon*. Keine Spur von Beachtung, außer einem flüchtigen Blick oder einem kurzen gleichgültigen Starren.

Festnahme durch die Behörden

Bald ertönte ein Kreischen und Heulen, von dem wir zuerst annahmen, es sei die Reaktion dieser Wesen auf das, was wir sagten, eine Art Warnung für die Einwohner vielleicht oder die Erklärung, daß Maßnahmen zur Selbsterhaltung ergriffen werden müßten; aber es war ein weiteres Fahrzeug, militärischen Typs, und die drei (wir) wurden von der Straße aufgegriffen und aufgrund der Störung, die wir verursachten, in ein Gefängnis gebracht. So verstanden wir es erst später. Damals glaubten wir, daß die Behörden uns aufgegriffen hätten, um uns hinsichtlich der Enthüllungen, die wir machen mußten, zu befragen. In der Obhut der Wache, auf der Straße, im Militärfahrzeug und im Gefängnis schrieen wir laut und anhaltend die Tatsachen heraus und hörten nicht eher auf, bis ein Arzt unseren drei Wirtsleuten eine andere Droge einspritzte, die sie sofort bewußtlos werden ließ. Als wir den Arzt mit den Wächtern sprechen hörten, vernahmen wir zum ersten Male die Tatsache der vorausgegangenen Katastrophe. Das war für uns ein solcher Schock, daß wir damals nicht die richtigen Folgerungen daraus ziehen konnten. Aber wir entschieden uns sofort, unsere Wirtsleute zu verlassen, die, da sie ja sowieso bewußtlos waren, uns eine Zeitlang nicht von Nutzen sein würden, selbst wenn sich diese Methode, Warnungen zu übermitteln, als erfolgreich erwiesen hätte – und das war ja offensichtlich nicht der Fall. Der Arzt sagte auch, er habe eine große Anzahl von Menschen, besonders junge, wegen »Paranoia« zu behandeln. Dies war es, woran seiner Meinung nach unsere drei Wirtsleute litten. Anscheinend ist das ein Zustand, bei dem die Menschen Angst vor bevorstehender Gefahr haben und versuchen, die anderen davor zu warnen, und dann aggressiv werden, wenn sie durch Behörden daran gehindert werden. Diese Diagnose, ebenso wie die Tatsache, daß der Arzt und die Behörden Bescheid wußten über die künftige Gefahr und über die frühere Katastrophe – mit anderen Worten, daß sie als Krankheit oder mangelhaften Geisteszustand ansehen, sich der Bedrohung bewußt zu sein und Schritte zu unternehmen, ihr zu entgehen oder sie abzumildern – das war etwas so Außergewöhnliches, daß wir damals nicht die Zeit hatten, es gründlich auszuwerten, noch seitdem die Zeit dafür fanden, weil... UND SCHLIESSLICH ZUM SCHLUSS DER NACHRICHTEN ETWAS FÜRS HERZ. FÜNF LEUTE, KEINE MILLIONÄRE, NEIN, SONDERN MENSCHEN WIE DU UND ICH, HABEN AUF EINEN MONATSLOHN VERZICHTET, UM DIE KLEINE JANICE WANAMAKER, DAS KIND MIT DEM LOCH IM HERZEN, IN DAS WELTBERÜHMTE HERZ-ZENTRUM IN FLORIDA ZU SCHICKEN. KLEIN-JANICE, DIE ZWEI JAHRE ALT IST, HÄTTE MIT EINEM LANGEN DAHINSIECHEN RECHNEN MÜSSEN, ABER NUN HAT DER ZAUBERSTAB DER LIEBE ES ABGEWENDET, UND SIE WIRD MORGEN FRÜH HINFLIEGEN, UM DORT OPERIERT ZU WERDEN. VIELEN DANK AN DIE FÜNF GUTEN NACHBARN VON DER ARTESIASTRASSE... Die erwarteten Unterbrechungen auf dieser Wellenlänge; aber da wir keine Möglichkeit haben, zu erfahren, an welcher Stelle die Unterbrechung eingesetzt hat, zur Rekapitulation: Wir verließen den Arzt und die Wachen während deren Diskussion über die frühere Katastrophe, bei der 200 Meilen Boden aufgerissen, Hunderte von Menschen getötet wurden und die ganze Stadt in Trümmer sank. Danach war eine Feuersbrunst ausgebrochen.

Humor als Mechanismus

Der Arzt erinnerte *humorvoll* daran (siehe vorherige Bemerkungen über das Lachen: ein möglicher Kunstgriff, um sich von Spannung zu befreien, Angst abzuwehren oder abzumildern, und darum möglicherweise einer der Mechanismen, die diese Lebewesen angesichts denkbarer Vernichtung untätig machten), daß die gesamte geographische Gruppierung nach der vorausgegangenen Katastrophe einige Jahre lang eher von dem großen Feuer redete als von dem Erdbeben. Diese Umschreibung ist noch allgemein üblich. Mit anderen Worten, da Feuer ein Phänomen ist, mit dem man leichter fertig werden kann, gebrauchten sie vorzugsweise dieses Wort, und einige tun es noch heute, statt das unbezähmbare Beben der Erde beim Namen zu nennen. Ein jämmerlicher Trick, der Hilflosigkeit und sogar Angst verrät. Aber wir betonen hier noch einmal, daß überall sonst im Planetensystem Angst ein Mechanismus ist zum Schutz oder zur Warnung, doch in diesen Geschöpfen ist diese Funktion mangelhaft ausgeprägt. Was die Hilflosigkeit betrifft, sie ist überall tragisch, sogar bei diesen mörderischen Rohlingen, aber es besteht keine offenkundige Notwendigkeit für sie, hilflos zu sein, da sie alle Mittel haben, die Stadt völlig zu evakuieren und zu ... DER IM WESTEN GEPLANTE NEUE VORORT. ER WIRD 100000 LEUTE BEHERBERGEN UND IM HERBST DES NÄCHSTEN JAHRES FERTIG SEIN, VOLL AUSGESTATTET MIT GESCHÄFTEN, KINOS, EINER KIRCHE, SCHULEN UND EINER NEUEN AUTOBAHN. DIE RAPIDE AUSDEHNUNG UNSERER SCHÖNEN STADT MIT IHREM EINZIGARTIGEN KLIMA, IHRER LAGE, IHRER KÜSTENSTRECKE GEHT

WEITER. DIESER NEUE VORORT WIRD DAZU BEITRAGEN, DIE ÜBERVÖLKERUNG ZU BEKÄMPFEN UND...

Überbordwerfen der Phasen I, II und III

Angesichts des Scheiterns der Phasen I und II haben wir uns entschlossen, Phase III aufzugeben, die als eine Kombination von I und III geplant war und vorsah, in den Geist geeigneter Wirtsleute einzudringen, um sie als Sprachrohr zu gebrauchen, und gleichzeitig Material zur Weitervermittlung in verfügbare Gedankenströme einzuschleusen. Bevor wir weitere Vermittlungsversuche machen konnten, benötigten wir weitere Information. Um die Ergebnisse der Phase II zusammenzufassen: Als wir in die drei unter Drogen stehenden Jungen eingedrungen waren, wurde uns deutlich, daß wir darauf achten müßten, die Gestalt älterer Lebewesen, und zwar technisch gut ausgebildeter, anzunehmen, da nach unserer Erfahrung mit dem Gefängnis klar geworden war, daß die Behörden die Jungen ihrer Spezies nicht mochten. Wir wußten allerdings nicht, ob sie überhaupt fähig waren, den Älteren, die dem Leitbild ihrer Gesellschaft entsprechen, zuzuhören.

Unfähigkeit, die Wahrheit abzuschätzen

Wenn wir auch in diesem Stadium noch sehr verwirrt waren durch das, was wir herausfanden, hatten wir wenigstens das eine verstanden: Erfährt diese Spezies irgend etwas, hat sie keinerlei Beurteilungskriterien, ob das wahr ist oder nicht. Wir auf unserem Planeten setzen – weil es unserer Geistesstruktur und der aller anderen von uns erforschten Spezies entspricht – voraus, daß eine Tatsache, die durch materiellen Fortschritt oder durch eine neue, bisher nicht gewagte Ideenverbindung offenkundig geworden ist, als Wahrheit akzeptiert wird – bis eine neue Entwicklung sie überholt. Nicht so diese Spezies. Sie kann keine Information akzeptieren, kein neues Material, es sei denn, es stammt aus einer Nachrichtenquelle, der gegenüber sie keinen Argwohn hegt. Das ist ein Nachteil für ihre Entwicklung, dessen Auswirkung man kaum abschätzen kann. Wir wählen diesen Augenblick, um vorzuschlagen, allerdings notgedrungen in aller Kürze, daß wir bei künftigen Besuchen auf diesem Planeten, mit nützlicher Information für diese Spezies (falls sie überlebt), höchste Sorgfalt darauf verwenden, Bevollmächtigte auszubilden, die in jeder Hinsicht den allerkonventionellsten und harmlosesten Mitgliedern ihrer Gesellschaft gleichen. Denn es ist so, als wäre der Mechanismus Angst von dort, wo er nützlich sein könnte – indem er Unheil abwehrt oder dämpft –, in einen Bereich ihres Bewußtseins abgedrängt worden, der sie gegenüber allem, was ihnen nicht vertraut ist, mißtrauisch macht. Als kleines Beispiel: Da die drei jungen Lebewesen im Drogenrausch waren und teilweise zusammenhanglos sprachen und da (was uns klargeworden ist) die älteren Lebewesen, die die Gesellschaft führen, alle verachten, die sich nicht nach den von ihnen gesetzten Normen richten, hätten sie im Gefängnis sagen können, was sie wollten. Hätten sie gesagt (geschrieen oder gesungen), daß sie wirklich Besucher von einem anderen Stern als Strukturen einer feineren Substanz, die sich als Licht manifestiert, beobachtet hätten (sie hatten uns in der Tat gespürt, gefühlt), hätten sie ausgesagt, daß sie drei Geschöpfe, ungefähr in Menschengröße und aus Licht geschaffen, gesehen hätten, niemand würde sie überhaupt beachtet haben. Aber wenn eine Person aus der Gesellschaftsgruppe, die besonders ausgebildet ist für diese Art von Arbeit (es ist eine unendlich unterteilte Gesellschaft), gesagt hätte, sie habe *mit ihren Apparaten* (sie sind so abhängig von technischen Vorrichtungen geworden, daß sie nicht mehr ihrer eigenen Beobachtungsfähigkeit vertrauen) drei schnell vibrierende Lichtstrukturen gesehen, so würde man dieser Person zumindest mit einer gewissen Gutgläubigkeit begegnen. Gleiche Sorgfalt ist notwendig bei der Wortwahl. Eine unbekannte Tatsache, mitgeteilt in einer feststehenden Folge von Wörtern, könnte akzeptabel sein. Dargeboten in einer ihnen nicht vertrauten Zusammenstellung von Wörtern, ließe sie jene Wesen mit allen Anzeichen von Panik – Schrecken, Hohn, Furcht – reagieren.

Anpassung der herrschenden Lebewesen an die Norm

Wir verkörperten uns als zwei männliche Wesen reiferen Alters, wobei wir uns mit all der Sorgfalt für das Detail kleideten, die sie beruhigend finden. Eine Einzelheit in der Kleidung, anders geschnitten als sonst üblich für ältere Lebewesen, wird Mißbilligung oder Verdacht erregen. Gedeckte Farbtöne sind annehmbar; leuchtende Töne, außer in Farbtupfern, sind es nicht. Wir versichern euch, hätten wir uns auch nur ein wenig außerhalb der Norm bewegt, dann hätten wir überhaupt nichts erreichen können. Es sind die herrschenden männlichen Wesen, die ihre Kleiderwahl beschränken müssen. Die Aufmachung der Frauen ist unendlich variabel, und sie verändert sich dauernd plötzlich und dramatisch, von einem Gesetz oder Gebot zum nächsten. Die Jungen können tragen, was sie wollen, solange sie nicht Teil des Regierungsapparates sind. Das Schneiden und Zurechtlegen ihres Kopfpelzes ist ebenfalls wichtig. Frauen und Junge genießen auch darin Freiheit, aber wir mußten dafür sorgen, daß unser Kopfpelz kurz geschnitten und flach anliegend war. Wir gewöhnten uns auch einen Gang an, der Ernsthaftigkeit und Beherrschung verriet, und einen Gesichtsausdruck, den sie, wie wir bemerkt hatten, vertrauenswürdig fanden. Zum Beispiel haben sie ein Verfahren, die Lippen seitlich zu ziehen und die Zähne zu entblößen in einer Art Gesichts-Arrangement, das sie »Lächeln« nennen; es zeigt an: Sie sind nicht feindlich gesonnen, werden nicht angreifen, ihre Absichten sind friedlich.

Derart getarnt, gingen wir, mit Beobachtungen beschäftigt, in der Stadt umher, recht erstaunt, daß man so wenig Notiz von uns nahm. Denn obgleich wir recht geschickte Nachahmungen waren, waren wir doch nicht vollkommen, und ein genauer forschender Blick hätte uns entlarvt. Aber eine ihrer charakteristischen Eigenarten ist die, daß sie in der Tat sehr wenig am anderen wahrnehmen: Es ist eine auffallend wenig wahrnehmende Spezies. Ohne Verdacht zu erregen, entdeckten wir, daß jeder, mit dem wir sprachen, über die in den nächsten fünf Jahren zu erwartende Erdstörung Bescheid wußte, und daß sie trotz dieses ›Wissens‹ nicht wirklich daran glaubten, uns kam es jedenfalls so vor, da ihre Lebensweisen, als würde nicht das Geringste passieren, unverändert blieben, und wir erfuhren, daß ein Laboratorium oder Institut existierte, das die früheren Erdbeben erforschen und Pläne für das bevorstehende machen sollte ... BEI DEM BASEBALLSPIEL HEUTE NACHMITTAG STRÜRZTE EIN TEIL DER ZUSCHAUERTRIBÜNE ZUSAMMEN, UND 60 LEUTE WURDEN GETÖTET. ES KAMEN BEILEIDSSCHREIBEN VOM PRÄSIDENTEN, VON IHRER MAJESTÄT, DER KÖNIGIN VON GROSSBRITANNIEN, UND VOM PAPST. DER MANAGER DES SPORTSTA-

DIONS SAGTE UNTER TRÄNEN: »DAS IST DAS SCHRECKLICHSTE, WAS ICH JEMALS GESEHEN HABE. ICH SEHE DAUERND DIESE TOTEN GESICHTER VOR MIR.« DIE URSACHE DES UNGLÜCKS IST DIE, DASS DIE ERRICHTUNG DER TRIBÜNE, IHRE INSTANDHALTUNG UND DIE VORKEHRUNGEN GEGEN DRUCKÜBERLASTUNG BEIM ERZIELEN EINES HÖCHSTPROFITS FÜR DIE EIGENTÜMER UNTERGEORDNET SIND. DER HILFSFONDS, DER EINGERICHTET WURDE, ALS DIE LEICHEN AUS DEM STADION HINAUSGETRAGEN WURDEN, BETRÄGT BEREITS $ 200000, UND WEITERHIN SPENDEN –

Das Institut

Wir betraten das ›Institut für Prognose und Verhütung von Erdstörungen‹ als Besucher aus dem ›Geographischen Gebiet II‹ – das zur Zeit mit diesem verbündet ist und dessen Bewohner darum im Institut willkommen sind und seine Arbeit beobachten dürfen.

Eine kurze Beschreibung dieser Organisation mag von Nutzen sein. Fünfzig ihrer erfahrensten Wissenschaftler sind darin tätig, alle arbeiten an einigen der avanciertesten Einrichtungen zur Diagnose von Erdschwingungen und Erdbeben (so weit entwickelt wie die unseren in diesem Bereich). Daß dieses Institut überhaupt existiert, kommt aus dem Wissen, daß die Stadt keine weiteren fünf Jahre überleben wird – oder wahrscheinlich nicht. Alle diese Techniker wohnen in der Stadt, verbringen hier ihre Freizeit – und das Institut selbst liegt in der Gefahrenzone. Sie werden wahrscheinlich alle dabei sein, wenn das Ereignis eintritt. Dennoch sind sie alle fröhlich, unbekümmert und – wie zu vermuten – äußerst tapfer. Aber nach kurzer Zeit in ihrer Gesellschaft, wenn man sich mit ihnen unterhalten hat über all ihre Vorkehrungen, um das Erdbeben vorherzusagen, fällt es schwer, nicht zu dem Schluß zu kommen, daß die Wissenschaftler – wie schon die Jungen in der Transportmaschine, die sie auf eine solche Weise steuern, daß sie zwangsläufig sich oder andere töten oder verstümmeln müssen – fest entschlossen sind, nicht an das zu glauben, was sie sagen: nämlich daß sie in Gefahr sind und höchstwahrscheinlich zusammen mit dem Rest der Bevölkerung getötet oder verstümmelt werden... DAS FEUER BRACH BEI TAGESANBRUCH AUS, WEIL WENIGE MENSCHEN AUF DEN STRASSEN WAREN, UND WAR SO MÄCHTIG, DASS ES IN WENIGEN MINUTEN DEN VIERTEN STOCK VOM ERDGESCHOSS AUS ERREICHTE. DIE MENSCHENMENGE IN DEM GEBÄUDE WURDE VON DEM FEUER NACH OBEN GETRIEBEN, EINIGEN GELANG ES, DIE FEUERLEITERN ZU BENUTZEN, DIE GRÖSSTENTEILS VON DEN FLAMMEN VERSCHLUNGEN WAREN. EIN UNBEKANNTER VON DER STRASSE DRANG TROTZ RAUCH UND FLAMMEN IN DAS GEBÄUDE EIN UND RETTETE ZWEI KLEINE KINDER, DIE WEINEND IM ZWEITEN STOCK ZURÜCKGEBLIEBEN WAREN. ZWEI MINUTEN SPÄTER, UND ES WÄRE ZU SPÄT GEWESEN. ER STÜRZTE SICH SOFORT WIEDER ZURÜCK IN DAS INFERNO UND TRUG AUF SEINEM RÜKKEN EINE ALTE FRAU HERAUS. TROTZ WARNRUFEN DER INZWISCHEN RIESIGEN MENGE BESTAND ER DARAUF, DAS BRENNENDE GEBÄUDE WIEDER ZU BETRETEN, UND WURDE ZULETZT AN EINEM FENSTER IM ZWEITEN STOCK GESEHEN, VON DEM AUS ER DEN DARUNTERSTEHENDEN EIN BABY ZUWARF. DAS BABY WIRD ÜBERLEBEN, ABER DER UNBEKANNTE HELD FIEL ZURÜCK IN DIE FLAMMEN UND...

Ein Grundmechanismus

Wir glauben, wir haben einen der Mechanismen nachgewiesen, der in ihnen bewirkt, daß sie ohnmächtig und unentschlossen bleiben. Es ist genau folgender: Beständig diskutieren und analysieren sie. Zum Beispiel geben die Wissenschaftler dieses Instituts dauernd Warnungen an die Beamten der Stadt und an die Bevölkerung aus. Ihre Prognosen – daß kleinere Beben wahrscheinlich in diesem oder jenem Gebiet erfolgen werden – bewahrheiten sich eine nach der anderen; dennoch wird weiterhin gewarnt, weiterhin diskutiert. Sie haben sich so an diese Lage der Dinge gewöhnt, daß wir es unmöglich fanden, mit ihnen wirksame Maßnahmen zur Verhütung zu besprechen. Sie hätten vermutet, wir seien so etwas wie Unruhestifter. Kurz gesagt, sie finden es überhaupt nicht erschreckend, über den Zeitpunkt, die Natur, die Auswirkung der voraussichtlichen Erdstöße zu diskutieren, aber sie reagieren feindlich auf Vorschläge über eine mögliche Umsiedlung der Bevölkerung oder über den Wiederaufbau der Stadt an anderer Stelle. Wir haben schon gesagt, daß dies eine unendlich aufgegliederte Gesellschaft ist: Die Aufgabe des Instituts ist es, zu warnen, Vorhersagen zu machen, es liegt nicht in seiner Verantwortung, Lösungen vorzuschlagen. Aber dieser Mechanismus – die Rolle des Diskutierens – ist bloß Ausdruck von etwas, das tiefer liegt. Wir haben jetzt den Verdacht, daß eine große Anzahl der Aktivitäten, die sie selber als Methoden ansehen, Veränderung herbeizuführen, Leben zu retten, die Gesellschaft zu verbessern, de facto Methoden sind, den Wandel zu verhindern. Es ist beinahe so, als wären sie von einer gewaltigen Mattigkeit befallen, einem Mangel an Lebensenergie, als sträubten sie sich deshalb gegen den Wandel, weil die Lebensenergie so leicht aufgezehrt werden könnte. Die ungeheure Anzahl der verschiedensten mündlichen, verbalen Aktivitäten bedeutet einen Verbrauch von Lebensenergie. Die Lebewesen sind beruhigt und erleichtert, wenn sie ein Problem darlegen, doch wenn das einmal getan ist, haben sie selten noch die Energie, entsprechend ihren verbalen Bekundungen zu handeln. Wir sind sogar zu der Überzeugung gekommen, daß sie glauben, indem sie ein Problem erklären, komme es schon irgendwie der Lösung näher...

PROTESTE DAGEGEN, DASS DIE DREI WOLKENKRATZER AUF DER THIRD STREET ABGERISSEN WERDEN SOLLEN, UM DORT DREI VIEL HÖHERE GEBÄUDE ZU ERRICHTEN, STATT DAS GELD FÜR DIE BESCHAFFUNG VON BILLIGEN UNTERKÜNFTEN FÜR DIE ARMEN DER STADT ZU VERWENDEN, VON DENEN ES NACH NEUESTEN SCHÄTZUNGEN 1000000 ODER MEHR GIBT, FAST EIN VIERTEL DER GESAMTBEVÖLKERUNG, UND ALLE IN DERART UNZUREICHENDEN UNTERKÜNFTEN, DASS... zum Beispiel finden ständig Debatten, Diskussionen, Wortgefechte aller Art, öffentlich und privat, statt. Alle ihre öffentlichen und privaten Aktivitäten sind durch das Gespräch bestimmt, öffentlich oder privat. Möglicherweise sind diese Lebewesen so beschaffen, daß für sie ein Ereignis überhaupt nicht stattgefunden hat, wenn es nicht diskutiert, in Worten dargelegt worden ist... 35 TAGUNGEN ALLEIN IM MONAT MAI; 75000 DELEGIERTE AUS ALLEN TEILEN DES KONTINENTS WAREN ES INSGESAMT, WÄHREND ZUR SELBEN ZEIT DIE ZAHL DER TOURISTEN DIE SONST FÜR DEN MAI ÜBLICHE QUOTE ÜBERSTEIGT. DIESES JAHR STELLT BEREITS EINEN REKORD FÜR TAGUNGEN UND FÜR DEN TOURISMUS IM ALLGEMEINEN AUF, DER BEWEIST, DASS: DIE ANZIEHUNGSKRAFT UNSERER STADT – IHRE LAGE, IHR KLIMA, IHRE VORZÜGE, IHR RUF FÜR GASTFREUNDSCHAFT – STÄNDIG IN JEDEM TEIL DER ZIVILISIERTEN WELT ZUNIMMT. ES IST UNBEDINGT ERFORDERLICH, NEUE HOTELS, MOTELS UND RESTAURANTS ZU BAUEN UND... Eins scheinen sie nicht ins Auge fassen zu können, nämlich die Lösung, die uns auf der Hand zu liegen schien, seitdem wir ihre zu erwartende Zukunft beobachtet und uns entschieden haben, ihnen so viele Hilfsmittel unseres eigenen Planeten zur Verfügung zu stellen, in dem Bemühen, unserem Schwesterplaneten zu helfen: die Evakuierung der ganzen Stadt. Wir wissen, das ist unglaublich. Natürlich werdet ihr es so empfinden.

Gleichgültigkeit gegenüber dem Verlust des Lebens

Wir können nur das berichten, was wir vorfinden – nie haben die Stadtbewohner auch nur die Möglichkeit in Erwägung gezogen, die Stadt aufzugeben und in ein Gebiet zu ziehen, von dem *nicht* feststeht, daß es mit absoluter Gewißheit zerstört wird. Ihre Haltung dem Leben gegenüber ist die, daß es unwichtig sei. Sie sind gleichgültig ihrem eigenen Leiden gegenüber, nehmen an, daß ihre Spezies ständig durch Naturkatastrophen, Hungersnot, dauernden Krieg, an Zahl, Stärke und Gesundheit verlieren muß. Daß diese Haltung Hand in Hand geht mit grenzenloser Fürsorge und Zuneigung gegenüber Einzelpersonen oder kleinen Gruppen, scheint uns anzuzeigen... DIE GESTIFTETE SUMME SOLL ZUR ERRICHTUNG EINES EHRENMALS VERWENDET WERDEN, DAS AUF DEM SQUARE STEHEN SOLL. ES WIRD DIE FORM EINER SÄULE HABEN, MIT DEM KOPF DES VERSTORBENEN, WILLIAM UNDERSCRIBE, IN RELIEF AUF DER EINEN SEITE.

ZUR RUHE GELEGT
AM BUSEN
DER NATUR
FORTGEGANGEN, ABER NICHT VERGESSEN

WIRD AUF DER ANDEREN SEITE EINGEMEISSELT WERDEN. JOAN UNDERSCRIBE, DIE IHREN EHEMANN VOR FÜNF JAHREN VERLOR, HAT SIEBEN TAGE IN DER WOCHE VON SECHS

IN DER FRÜH BIS ZEHN UHR ABENDS IN DEM AVENUE MOTEL GEARBEITET, UM DIE NÖTIGE SUMME FÜR DIESES EINFACHE, DOCH ERGREIFENDE EHRENMAL ZU VERDIENEN. SIE HAT IHRE GESUNDHEIT, SO SAGT SIE, AUFS SPIEL GESETZT. DIE FÜNF JAHRE UNERMÜDLICHER SCHWERARBEIT HABEN IHREN TRIBUT VERLANGT. ABER SIE BEREUT NICHTS. ER WAR DER BESTE EHEMANN, DEN EINE FRAU JE GEHABT HAT, ERZÄHLTE SIE UNSEREM REPORTER... Als wir unsere Entscheidung fällten, gab es nichts, was wir gegen solch totale Gleichgültigkeit gegenüber der eigenen Lage machen konnten; aber da sie zumindest bereit sind, über Situationen zu reden, dachten wir uns einen Plan aus... DIE GRÖSSTE, JE DAGEWESENE UNTERHALTUNGSSHOW, EINE KOMBINATION DER BESTEN ZIRKUSSE DER WELT, EIS-SHOWS, NON-STOP POP-KONZERTE, EINE GANZE WOCHE LANG, TAG UND NACHT, NICHT ZU VERGESSEN DIE DREI OPERN AUS DEM GRÖSSTEN THEATER DER WELT, DER BRITISH NATIONAL THEATRE COMPANY, MIT DER DAUERATTRAKTION, DEM INTERNATIONALEN KULTURELLEN STAR-AS: ›THE THREE SISTERS‹, DIE VON UNSERER EIGENEN FIRST LADY MIT IHREN CHARMANTEN TÖCHTERN UND EINEM GLÄNZENDEN AUFGEBOT AN STARS BESUCHT WIRD, DARUNTER BOB HOPE... ›eine Konferenz einberufen‹ heißt, eine große Anzahl von Einzelwesen an einem Ort zu versammeln, um Formulierungen auszutauschen. Das ist wahrscheinlich ihr Hauptmechanismus, um ihre Ängste abzubauen; sie nehmen mit Sicherheit bei jeder Gelegenheit ihre Zuflucht dazu, gleichgültig ob unter diesem Namen, Einberufen von Regierungen, Verwaltungsbehörden, Obrigkeiten aller Art oder unter anderem, denn das Verfahren ist sehr häufig sozialer Natur. Zum Beispiel kann eine Konferenz Party heißen und dem Vergnügen dienen, aber in Wahrheit wird die Diskussion über ein Thema oder über verschiedene die Hauptbeschäftigung sein. Der wesentliche Zweck ist, daß viele der an einem Ort versammelten Geschöpfe, die miteinander Wortzusammenstellungen austauschen, später den Nichtanwesenden erzählen, was sich ereignet hat... ›DAS JAHR ZUR ERHALTUNG DER STADT‹ IST VORÜBER, UND ES MUSS ALS BEMERKENSWERTER ERFOLG GELTEN, ES HAT EIN BEWUSSTSEIN DESSEN, WAS WIR ERWARTEN KÖNNEN, TIEF IN UNSER ALLER GEIST UND HERZ EINGEBRANNT, SO DASS DAS INTERESSE JETZT NICHT SO LEICHT SCHWINDEN WIRD. EINE KONFERENZ ZUR... Meinungen.

Ihre Bildung

Die Fähigkeit, Meinungen zu umreißen und sie von denen anderer abzugrenzen, macht einen großen Teil ihrer Bildung aus. Wenn sich zwei dieser Geschöpfe zum ersten Male treffen, machen sie sich daran, herauszufinden, welche Ansichten der andere hat, und je nachdem tolerieren sie einander oder nicht. Nichtanregende, leicht zu tolerierende Ansichten können auch »anerkannte Meinungen« genannt werden. Es bedeutet, daß ein Gedanke oder eine Tatsache durch irgendeine Form von Autorität gebilligt worden ist. Die Wendung wird folgendermaßen verwendet: ›Das ist eine anerkannte Meinung.‹ ›Das sind alles anerkannte Meinungen.‹ Das bedeutet aber nicht unbedingt, daß man sich nach dieser Meinung oder Tatsache richtet oder sein Verhalten ändert. Im wesentlichen ist eine Meinung anerkannt, wenn sie geläufig geworden ist, ob nun wirkungsvoll oder nicht, und wenn sie keine Feindseligkeit oder Angst mehr hervorruft. Das Kennzeichen eines gebildeten Individuums ist folgendes: Es hat Jahre damit verbracht, anerkannte Meinungen aufzunehmen, und ist fähig, sie ohne weiteres zu wiederholen. Leuten, die Meinungen wider die allgemein verbreitete Meinungsnorm angenommen haben, mißtraut man, und sie werden leicht eigensinnig genannt. Diese Bezeichnung erhalten am schnellsten Frauen und junge Leute.

Um diese Zeit waren wir schon jedem im Institut gut bekannt als Herbert Bond, 35 Jahre alt, männlich, und John Hunter, 40 Jahre alt, männlich. Wir hatten genug gelernt, um das direkte ›Warum unternehmen Sie nicht die und die Schritte?‹ zu vermeiden, da wir erfahren hatten, daß dieser Anfang so etwas wie eine Blockierung oder Störung in ihren Funktionen auslöst. Statt dessen fingen wir es so an: ›Lassen Sie uns über die Faktoren diskutieren, die gegen die oder jene Maßnahme sprechen‹, zum Beispiel dafür Sorge zu tragen, daß neue Gebäude nicht zu nahe an den Gebieten errichtet würden, wo die Erderschütterungen auftreten werden.

Diese Formulierung war anfangs erfolgreich, bewirkte das größtmögliche Maß an angeregter Unterhaltung, ohne Feindseligkeit zu wecken. Aber sehr bald schon wurde starke Erregung durch Redewendungen und Wörter hervorgerufen, von denen wir hier einige aufzählen: Profitstreben, kommerzieller Interessenkonflikt, wohlerworbene Anrechte, Kapitalismus, Sozialismus, Demokratie – es gibt viele solch emotionsgeladener Wörter. Wir sind nicht in der Lage, den tieferen Sinn dieser Wendungen zu ermitteln – zumindest nicht in der Weise, die unsere Wirtschaftsexperten als zufriedenstellend ansehen würden –, da die Gemütserregungen zu heftig wurden, um die Konferenz weiterzuführen. Die Lebewesen hätten gewiß angefangen, sich gegenseitig körperlich anzugreifen. Mit anderen Worten, die Meinungsskala (siehe oben) war zu weit, als daß man Übereinstimmung hätte erzielen können. Meinungen, wie gesagt, über Angelegenheiten, die mit der Planung und Verwaltung der Bevölkerung zu tun hatten. Die Meinung über das Erdbeben war praktisch einmütig.

Barbarische Methode der Stadtplanung, einmalig in unserem System – siehe die Entwicklungsgeschichten der Planeten 2 und 4

Anscheinend wird ihre Verwaltung, ihre Stadtplanung, nicht von den Bedürfnissen der Bevölkerung bestimmt, die auf einem Gebiet lebt, sondern ist das Ergebnis eines Ausgleichs vieler sich widersprechender Gruppen und einzelner, deren Motiv, sich an solchen Projekten zu beteiligen, der Eigennutz ist. Zum Beispiel: Bevor die Gewalttätigkeit, die durch dieses Thema erzeugt worden war, die Zusammenkunft beendete, hatten wir uns zusammengereimt, daß der Grund, warum eine Gruppe von besonders großen, teuren Bauten direkt in der Zone der maximalen Erdstörung errichtet wurde, darin zu suchen war, daß jener Stadtteil hohe »Rendite« erzielt – das heißt, die Leute sind gewillt, mehr dafür zu zahlen, um in diesem Gebiet zu wohnen und zu arbeiten, als anderswo. Auch kann man die Bereitschaft der Bauherren und der Planer, die Gebäude in der größten Gefahrenzone zu errichten, nicht als skrupellos bezeichnen, da die betroffenen Individuen in vielen Fällen selbst dort wohnen und arbeiten ... DIE UNFALLSTATION IN DEM HOSPITAL, IN DEM EIN TEAM VON ZEHN ÄRZTEN UND KRANKENSCHWESTERN RUND UM DIE UHR ARBEITET, UM LEBEN ZU RETTEN, DAS NOCH UNLÄNGST, VOR FÜNF JAHREN, VERLOREN GEWESEN WÄRE – UND WIE ES IMMER NOCH IN HOSPITÄLERN DER FALL IST, DIE NICHT MIT UNFALLSTATIONEN AUSGESTATTET SIND. DIE PATIENTEN SIND GEWÖHNLICH OPFER VON AUTOUNFÄLLEN ODER STRASSENKÄMPFEN

UND KOMMEN IN EINEM SCHWEREN SCHOCKZUSTAND ZUR UNFALLSTATION. DA EINE SO KURZE VERZÖGERUNG WIE FÜNF MINUTEN ZWISCHEN LEBEN UND TOD ENTSCHEIDEN KANN, SETZT DIE BEHANDLUNG EIN, SOBALD DER PATIENT AUS DEM KRANKENWAGEN GEHOBEN WIRD... da ein großer Teil des Zorns sich gegen die eigenen Jung-Lebewesen richtete, verließen wir das Institut und kehrten zum Stadtzentrum zurück, wo wir wieder Kontakt mit den Jungen aufnahmen.

Einstufung des Instituts als nutzlos

Die Jungen, die im Institut in niedrigen und Hilfspositionen arbeiteten, gehörten alle einer anderen Subkultur an, sie ahmten die älteren Lebewesen in Kleidung und Benehmen nach. Die jungen Lebewesen, die wir in der Stadt trafen, traten in Herden oder kleineren Gruppen auf, und Herbert Bond und John Hunter konnten nicht leicht die Beziehung zu ihnen herstellen, denn da sie älter und in der Uniform der herrschenden männlichen Lebewesen gekleidet waren, wurden sie verdächtigt, so etwas wie Spione zu sein. Wir nahmen darum die Gestalt von zwei Jugendlichen an, männlich und weiblich, nachdem wir uns entschieden hatten, ein Viertel von dem, was von unserem Energievorrat übrig geblieben war, für den Versuch aufzuwenden, sie dazu zu bringen, sich über ein Problem zu einigen und dementsprechend zu handeln. Denn so wie die Älteren diskutieren, reden und singen sie endlos, genießen angenehme Gefühle der Zufriedenheit und Übereinstimmung mit den anderen, machen dies zum Selbstzweck. Wir schlugen vor, daß sie, die Jungen, angesichts dessen, was der Stadt zustoßen werde, versuchen könnten, alle Gleichaltrigen zu überreden, die Stadt zu verlassen und woanders zu leben, so etwas wie ein Lager für sich aufzuschlagen, wenn der Bau einer neuen Stadt über ihre Möglichkeiten ginge, auf jeden Fall eine Stelle, an der Flüchtlinge willkommen wären und wo für sie gesorgt würde.

Mißerfolg bei den Jungen

Alles, was passierte, war, daß einige neue Lieder gesungen wurden, alle in traurigem Ton, alle über das Thema der unvermeidlichen Tragödie. Unsere Begegnung mit diesen Jungen fand am Strand statt und in der Zeit, als das Sonnenlicht verblaßte. Diese Zeit hat eine tief traurig stimmende Wirkung auf alle Lebewesen. Aber wir verstanden erst später, daß wir jede andere Tageszeit hätten wählen sollen, nur nicht diese. Eine Riesenmenge von Jungen waren versammelt, viele mit Musikinstrumenten. Ein halbes Dutzend von ihnen formten das Ereignis zu einer Konferenz um (siehe oben), indem sie sich nicht wie die Älteren mit Reden an die Massen wandten, sondern mit Singen – das ist verstärkter gefühlsbetonter Klang. Die Erregung war anders als die bei der Konferenz im Institut. Dort war sie heftig und aggressiv gewesen und wäre beinah in körperliche Angriffe ausgeartet. Die Stimmung hier war schwer, traurig, passiv. Nachdem es uns nicht gelungen war, sie zum Diskutieren über einen Massenexodus aus der Stadt zu bringen, sei es mit Reden oder Singen, versuchten wir dann zu erörtern, wie man die Menschen daran hindern könnte, sich in den am stärksten bedrohten Gebieten zusammenzuballen (wir waren zu der Zeit in einem solchen), und wie man nach dem heftigen Erdstoß Massensterben und Verletzungen verhindern und die Verwundeten behandeln könnte und so weiter.

All diese Versuche scheiterten. Der drogenbetäubte Zustand der drei, deren Geist wir zuerst besetzt hatten, und die Gleichgültigkeit der vier in dem Metallgefährt dem Tod gegenüber hätten uns zu denken geben können. Wir kamen zu dem Schluß, daß die Jungen sich in einem Zustand lähmender Verzweiflung befinden. Obwohl sie in mancher Hinsicht klarer denken als ihre Eltern-Generation – das heißt, eher fähig sind, Kritik an Unrecht und Mängeln zu äußern und zu vertreten –, können sie nicht an ihren eigenen Erfolg und an ihre Wirkung glauben. Immer und immer wieder hörten wir am Strand, als es dunkel zu werden begann, Redewechsel in folgenden Variationen:

»Aber du sagst, du glaubst, daß es passieren muß, und innerhalb von fünf Jahren.«

»Das sagen die.«

»Aber du glaubst doch nicht, daß es passiert?«

»Wenn es passiert, dann passiert es.«

»Aber da gibt es kein *wenn* – es wird passieren.«

»Die sind alle korrupt, was können wir da machen? Die wollen uns alle töten.«

»Wer ist korrupt?«

»Die Alten. Die beherrschen alles.«

»Aber warum unternimmst du denn nichts dagegen?«

»Man kann nichts gegen sie unternehmen. Sie sind zu stark. Wir müssen ausweichen. Wir müssen fließend sein. Wir müssen wie das Wasser sein.«

»Aber du bist noch hier, wo es passieren wird.«

»Das sagen sie.«

Ein Lied wehte über die ganze Versammlung. Es war nun völlig dunkel. Es gab viele Tausende von Menschen, zusammengedrängt nahe am Wasser.

Es wird bald passieren
Das sagen sie,
Wir wollen nicht leben, um einen
Weiteren Tag durchzustehen.
Sie sind blind.
Sie haben uns den Verstand ausgetrieben.
Wir werden nicht leben, um zu kämpfen,
Wir leben, um zu sterben.

Massenselbstmorde

Und Hunderte von ihnen begingen Selbstmord – indem sie hinaus aufs Meer ins Dunkel schwammen, während andere, die auf hohen Felsbänken nahe am Wasser standen, sich hineinstürz ... EINE STIFTUNG VON $ 500 000, UM EIN VOGELRESERVAT IM PARK ZU ERRICHTEN. ES WIRD EXEMPLARE ALLER IN DER WELT BEKANNTEN GATTUNGEN BEHERBERGEN. MAN HOFFT, DASS DIE INFOLGE DER GRAUSAMKEIT UND VERANTWORTUNGSLOSIGKEIT DES MENSCHEN VON AUSROTTUNG BEDROHTEN GATTUNGEN DIESES REFUGIUM BENUTZEN UND DASS SICH VON DA AUS DIE BEDROHTEN VOGELARTEN ERGÄNZEN UND VERMEHREN KÖNNEN ... sehr wenig Strom vorhanden. Wir entschieden uns, einen letzten Versuch zu starten, nämlich unsere Energie auf eine einzelne Stelle zu konzentrieren, die Herden der Jungen zu verlassen und zu älteren Lebewesen zurückzukehren, da sie die Macht in Händen haben. Nicht zu denen vom Institut, da wir ja ihre emotionale Unbeständigkeit erfahren hatten. Es war unbedingt erforderlich, eine anerkannte Wortfolge auszuwählen, die keine Erregung aufkommen ließ – eine Meinung.

Nun ist die Vorstellung, daß das Verhalten eines einzelnen oder einer Gruppe sehr verschieden von seinem oder ihrer Selbstdarstellung sein kann, bereits Teil ihrer Geistesstruktur und ist in vielen mit der Zeit abgenutzten Wortfolgen verfestigt. Zum Beispiel: »Urteile nicht nach Worten, sondern nach Taten.«

Wir beschlossen, diese beruhigende »anerkannte Meinung« durch einen ihrer angstmindernden Kunstgriffe zu verstärken. Wir haben bereits erwähnt, daß eine Konferenz ein solcher Kniff ist. Eine Spielart davon ist es, den Meinungen einen erhöhten emotionalen Klang zu verleihen, so wie es die Jungen am Strand getan hatten. Wir kamen zu dem Ergebnis, daß keins der beiden sich für unseren letzten Versuch eignete. Wir bedachten und verwarfen eine dritte Möglichkeit, die wir bisher noch nicht erwähnt haben. Beunruhigende oder unangenehme Meinungen werden in ein Ritual verpackt und öffentlich kleineren Gruppen vorgespielt oder durch eine technische Erfindung, »das Fernsehen«, weitergegeben, das es ermöglicht, Bilder an Millionen von Menschen gleichzeitig zu übermitteln. Eine Folge von Ereignissen, die aus dem Rahmen ihres offiziellen Moralkodex fallen könnte oder gerade auf der Grenze liegt, wird vorgespielt und erregt heftigen Beifall oder Mißbilligung – es ist eine Art Katharsis. Mit der Zeit werden diese gestellten Ereignisfolgen vertraut und immer wieder vorgeführt. Dieses Verfahren, unvertraute Meinungen auszuprobieren, die Zuschauer an sie zu gewöhnen, wird ständig praktiziert, ebenso wie das rituelle Vorspielen von Situationen, die bekannt und banal sind, um sie so interessanter erscheinen zu lassen. Das ist eine Methode, eine Lebenssituation, die ein Individuum als unerträglich langweilig und eintönig empfinden könnte, anregender zu machen und es in die Lage zu versetzen, sie ohne Auflehnung zu erdulden. Diese TV-Spiele, sowohl der ersten wie auch der zweiten Art, können in unterschiedlichem Maße anspruchsvoll sein. Wir aber entschieden uns für einen vierten Mechanismus (Methode): ein Spiel mit Worten. Eines ihrer Spiele besteht darin, daß Wortfolgen von einem, zwei oder mehreren Einzelwesen diskutiert werden, und meistens werden diese über die oben erwähnte Erfindung ausgestrahlt.

Wir hatten wieder unsere Identität als Herbert Bond und John Hunter angenommen, da wir noch einmal zur Obrigkeit Verbindung aufnahmen, und erhielten Zugang zu einer Fernsehzentrale mit den gefälschten Ausweispapieren aus einem geographischen Bereich namens Britannien, vor kurzem noch eine mächtige und kampfbereite Unterspezies, die wegen ihrer Aggressivität und militärischen Tapferkeit in der Vergangenheit ein gewisses Prestige genießt.

Lachen, Funktionen des, siehe oben

Wir schlugen ein Wort-Spiel über das Thema ›Urteile nicht nach Worten, sondern nach Taten‹ vor. Die Debatte fand letzten Abend statt. Um es gleich zu sagen, es gab eine Menge Gelächter, ein Zeichen, das uns hätte warnen sollen. Es war kein feindliches ›Auslachen‹, was man als unangenehm empfindet, was aber in Wirklichkeit eine viel sicherere Reaktion ist als das ›Mitlachen‹, das Lachen der Zustimmung, des sich Geschmeichelt-Fühlens. Dieser zweite Typ wird durch Meinungen von Minderheiten hervorgerufen, die glauben, sie seien der Masse voraus. Das aggressive und feindliche Lachen ist darum eine sichere Reaktion, weil es dem Zuschauer versichert, daß ein Gleichgewicht besteht, wohingegen das zustimmende Lachen Angstgefühle in den Zuschauenden erweckt, wenn die vorgetragenen Meinungen die von ihnen anerkannten Normen in Frage stellen. Unsere These war einfach und wie bereits skizziert: Diese Gesellschaft stehe dem Tod und dem Leid gleichgültig gegenüber. Angst werde nicht erfahren oder nicht auf eine Weise, die für den Schutz der Gesellschaft oder des einzelnen nützlich sei. Niemand sehe diese Tatsachen, weil alle Wortfolgen, die Verhaltensweisen beschreiben, in Widerspruch zu den Tatsachen stünden. In offiziellen Wortfolgen sei von Selbstschutz und dem Schutz anderer die Rede, werde vor der Zukunft gewarnt und Mitleid und Erbarmen mit anderen gefordert. Während wir unsere These entwickelten, begleitete uns Gelächter.

Bei diesen Spielen gibt es Zuschauer, die zu den entsprechenden Schauplätzen eingeladen werden, so daß die Veranstalter des Rituals die mutmaßliche Reaktion der Menschen draußen in der ganzen Stadt vor dem Fernseher abschätzen können. Das Gelächter war laut und anhaltend. Opponenten von Herbert Bond und John Hunter, Professoren des Worts aus Britannien, waren zwei Professoren des Worts aus der hiesigen Universität. Sie haben Diskussionsregeln, deren Kern darin besteht, daß jede Aussage dasselbe Gewicht haben muß wie die vorangegangene. Die Aussagen unserer Diskussionspartner hatten die gleiche Länge wie die unsrigen, enthielten genau die entgegengesetzten Ansichten und waren leicht und humorvoll im Ton. Als wir wieder an der Reihe waren, legten wir unseren Standpunkt dar, indem wir die Fakten aufzählten, wie die Stadt sich angesichts einer sicheren Katastrophe verhalte, aber wir kamen nicht sehr weit. Sobald wir vom Theoretischen, dem Allgemeinen, zum Besonderen kamen, erstarb das Lachen, und es zeigte sich heftige Feindseligkeit. Es ist üblich, daß, wenn Zuschauer ein Ritual nicht mögen, sie feindliche Botschaften an die Relaisstation senden. Das, was Herbert Bond und John Hunter sagten, verursachte einen derart starken Tumult, daß das technische Gerät zum Aufnehmen dieser Botschaften versagte. Obgleich die beiden hiesigen Professoren das ruhige Benehmen, das von ihnen bei diesen Spielen erwartet wird, weiter an den Tag legten, waren sie nervös, und als das Ritual zu Ende war, sagten sie, daß sie vermutlich ihre Anstellung verlieren würden. Sie machten uns dafür verantwortlich und beklagten sich feindselig, daß wir uns als ›Ausländer‹ nicht klarmachten, daß diese Rituale durchweg heiter im Ton und in der Sache allgemein gehalten sein müßten.

Als wir zwei zum Ausgang des Gebäudes kamen, wartete draußen ein Mob, vorwiegend aus älteren Lebewesen, äußerst feindselig. Die Veranstalter des Ritualspiels zerrten uns zurück und brachten uns bis zur Spitze des Gebäudes und gaben uns eine Leibwache, da der Mob anscheinend so wütend war, daß er uns töten wollte – wieder konzentrierte sich der Zorn darauf, daß wir Ausländer waren. Wir fügten uns, da es sinnlos war, weitere Verwirrung zu stiften und ... BRINGEN SIE IHRE VERSTORBENEN ZU UNS, ZU FREUNDEN IHRER FAMILIE, ZU FREUNDEN IM LEID. BEHANDELT MIT ALLER EHRFURCHT, UMSORGT, SO WIE *SIE* ES TATEN, ALS MUTTER, VATER, EHEMANN, EHEFRAU, BRUDER ODER KLEINE SCHWESTER NOCH BEI IHNEN WAREN, SO WIRD DER ENTSCHLAFENE ZU SEINER LETZTEN HEIMAT GETRAGEN, SANFT ZUR RUHE GEBETTET AN EINER STÄTTE, WO BLUMEN BLÜHEN UND VÖGEL SICH TUMMELN UND WO SIE ZU BESUCH KOMMEN UND SINNEN KÖNNEN ... IN IHREN MUSSESTUNDEN WERDEN SIE IMMER EINEN ZUFLUCHTSORT HABEN, WO IHRE GEDANKEN IN LIEBE UND GLÜCK BEI IHREN VERSTORBENEN FREUNDEN VERWEILEN KÖNNEN, DIE ... Unsere Energie wird äußerst knapp. Wir können nichts mehr tun. Diese Mission muß als gescheitert angesehen werden. Wir haben nichts erreichen können. Wir haben es auch nicht fertiggebracht, die Ursache ihrer Unzulänglichkeit zu verstehen. Es gibt keine Spezies wie diese auf irgendeinem uns bekannten Planeten.

Als die Wachsamkeit unserer ›Beschützer‹ nachließ, dematerialisierten wir uns einfach und kehrten zum Raumschiff zurück. Sie werden glauben, daß wir geflüchtet oder vielleicht die Opfer einer Entführung durch die noch immer feindliche Menge geworden seien, die wir von der Spitze des Gebäudes sehen konnten, wo... SCHOCKIERENDES UND ABSCHEULICHES PROGRAMM, DAS IN EINER ART UND WEISE ANSTOSS ERREGT HAT WIE NOCH KEIN PROGRAMM ZUVOR, SOWEIT SICH DER KOMMENTATOR ERINNERN KANN. ES IST NICHT DAS, WAS UNSERE ZWEI BESUCHER GESAGT HABEN, ES IST DIE ART UND WEISE, WIE SIE ES TATEN. SCHLIESSLICH MÜSSEN WIR ALLE MIT »DEN TATSACHEN« LEBEN, VON DENEN SIE ANSCHEINEND SO NAIV ANNEHMEN, DASS SIE FÜR UNS EINE OFFENBARUNG SIND. WAS DEN SCHLECHTEN GESCHMACK ALS SOLCHEN BETRIFFT, DIE GROBHEIT DES TONS, DAS ABSTOSSENDE BENEHMEN UND DIE RÜCKSICHTSLOSIGKEIT GEGENÜBER DEN TIEFEREN GEFÜHLEN DES ZUSCHAUERS, SO SIND DIE PROFESSOREN BOND UND HUNTER VON GESTERN ABEND DURCH NICHTS ZU ÜBERTREFFEN...

Abflug vom Planeten

Wir sind jetzt wieder in unserer ursprünglichen Anzahl beieinander, zu sechst also, und werden in Kürze zurückkehren. Wir kommen zu einem vorläufigen Schluß. Und zwar: Eine Gesellschaft, die zu einer Katastrophe verurteilt ist und unfähig, sich dagegen zu wappnen, kann nicht damit rechnen, zu überleben, ausgenommen die wenigen, die sich auf das Chaos und die Katastrophe eingestellt haben. Die Bürgerlichen, die Befehlsempfänger, die Angepaßten, die Gutmütigen müssen damit rechnen, die ersten Opfer zu werden. Aber die Vagabunden, die Kriminellen, die Verrückten, die Allerärmsten werden die Mittel haben, um zu überleben. Wir kommen daher zu der Überzeugung, daß wenn sich das Erdbeben innerhalb der nächsten fünf Jahre ereignet, niemand übrigbleibt als jene Menschenklasse, die die gegenwärtigen Führer der Gesellschaft als nicht wünschenswert ansehen, denn die gegenwärtige Gesellschaft ist zu unflexibel, um sich anzupassen – wie wir bereits darlegten, haben wir keine Ahnung, warum das so sein muß, was mit ihnen nicht in Ordnung ist. Aber vielleicht sind in der Stadt Gruppen von Einzelwesen verborgen, zu denen wir keinen Kontakt aufgenommen haben, die keinen Grund gesehen haben, Kontakt zu uns aufzunehmen, die nicht nur die Zukunft voraussehen, sondern auch Schritte unternehmen, um zu...

The West Coast Examiner

Sam Baker, ein Farmer aus Long Ridge, teilte uns mit, er habe gestern abend ein »glänzendes rundes Ding« hundert Yards von seinem Zaun entfernt bei Sonnenuntergang aufsteigen sehen. Sam hat gesagt: »Es stieg in solch einer Geschwindigkeit empor, daß es fast unmöglich war, ihm mit den Augen zu folgen. Dann verschwand es.« Andere aus demselben Gebiet behaupten, »ungewöhnliche Erscheinungen« während der letzten Tage gesehen zu haben. Die offizielle Erklärung lautet, daß die ungewöhnlich intensiven Sonnenuntergänge des vergangenen Monats starke Spiegelungen und Luftbilder von den Felsen und den Sandstrekken verursacht haben.

Militärsektor III an Oberkommando
(streng vertraulich)

Das Ufo, das irgendwann in der Nacht vom 14. landete und dabei beobachtet wurde, blieb die ganze Zeitdauer von sieben Tagen unverändert auf der Stelle. Es wurde niemand beim Verlassen des Ufos gesehen. Das stimmt genau mit den vorangegangenen 12 Landungen an derselben Stelle überein. Es war das 13. Ufo dieser Serie. Aber es war viel größer und stärker als die früheren 12. Die Differenz, die von Sonocope 15 festgestellt wurde, war beträchtlich. Dieses Ufo war, wie die vorangegangenen 12, kaum dem gewöhnlichen Auge sichtbar. Unser Beobachter, Farmer Jansen H. Blackson, der von uns nach der ersten Landung vor einem Jahr herangezogen worden war, sagte von sich aus, daß dieses Ufo viel besser sichtbar gewesen sei. »Man mußte bei den anderen schon genau hinstarren, um sie zu sehen, aber ich hab' gesehen, wie dieses herunterkam und auch später wieder aufstieg, aber das ging so schnell, daß ich es sofort aus den Augen verlor.« Die Vermutung von M8 ist, daß alle 13 Ufos Beobachtungsraumschiffe der Chinesen sind. Die Auffassung dieser Abteilung ist, daß sie von unserer MARINE-ABTEILUNG 15 sind, und unser Argument ist: Da sie kein Zugangsrecht zu diesem Gelände haben, das unter der Leitung der KRIEGSABTEILUNG 4 steht, sollten wir sie ein für allemal zur Hölle schicken, wenn sie es das nächste Mal wieder versuchen.

Luftwaffe 14 an Zentrum

Landungen gehen weiter – Nummer 13 letzte Woche. Es war ebenfalls unbemannt. Bestätigen die Meinung von russischer Herkunft. Müssen auch zwei weitere

Landungen südlich der Stadt mitteilen, beide an derselben Stelle, in einem Abstand von drei Wochen. Diese beiden Raumschiffe sind identisch mit der Serie von 55 Landungen im Norden der Stadt im letzten Jahr. Die zwei südlichen Landungen deckten sich mit dem Verschwinden von 11 Menschen, fünf das erste, sechs das zweite Mal. Das macht 450 Menschen, die innerhalb der vergangenen zwei Jahre spurlos verschwunden sind. Wir weisen darauf hin, daß es nicht länger möglich ist, die Tatsache, daß die Landungen dieser Raumschiffe immer das Verschwinden von zwei bis zehn Menschen bedeuten, mit dem Wort ›Zufall‹ abzutun. Wir müssen die Möglichkeit ins Auge fassen, daß alle oder einige bemannt sind, aber mit Individuen, die in der Struktur so verschieden von der unseren sind, daß wir sie nicht sehen können. Wir möchten herausstellen, daß Sonoscope 4 nur gerade in der Lage ist, diese Raumschiffstypen ins Blickfeld zu bekommen, und daß deshalb die Dichte-Stufen, die die Anwesenheit von »Menschen« anzeigen könnten, der Maschine vielleicht entgehen. Wir weisen ferner darauf hin, daß die scherzhafte Wendung »kleine grüne Männchen« vielleicht eine Einstellung verschleiert, die für eine nüchterne Einschätzung und Bewertung dieser Möglichkeit nachteilig ist.

Bitten um frühestmögliche Bestätigung, ob wir die Taktik, das Verschwinden von Menschen herunterzuspielen, weiterführen sollen. Wir können noch immer keinen gemeinsamen Nenner bei dem Menschen*typ* finden, der verschwunden ist. Das einzige, was sie alle gemeinsam haben, ist, daß sie sich aus den unterschiedlichsten Gründen irgendwo in den Gebieten aufhielten, in denen die Raumschiffe gelandet sind.

Unser Berichterstatter an der Tankstelle Lost Pine berichtet, daß ganze Gruppen von Menschen südlich aus der Stadt hinausfahren zu dem Gebiet, in dem bekanntlich die letzten Ufos gelandet und aufgestiegen sind. Vergangene Nacht betrug die Zahl über 50000.

Luftwaffe 14 an Zentrum

Trotz Gesamttaktik 19 gibt es Gerüchte. Wir sehen es als ratsam an, das Gebiet abzusperren, was allerdings eine extreme Paniksituation hervorrufen könnte. Aber wir sehen keine Alternative. Der Kult SEID BEREIT FÜR DEN TAG hat schon Tausende von Anhängern und reißt die Stadt und die Umgebung mit. Schlagen eine Bekanntmachung vor, daß das Gebiet möglicherweise radioaktiv verseucht sei.

Zwei Töpfer

Ich kenne in diesem Land nur eine Töpferin, Mary Tawnish, und sie wohnt außerhalb von London in einem Dorf, wo ihr Mann Lehrer ist. Sie kommt selten in die Stadt, und ich komme selten hinaus; also schreiben wir uns.

Töpfern ist nicht gerade das, worüber ich mir viele Gedanken mache; als ich von dem alten Töpfer träumte, war es darum nur natürlich, daß ich an Mary dachte. Doch ich konnte ihr nur schwer davon erzählen; es gibt zwei Arten Menschen: solche, die träumen, und solche, die nicht träumen; beide neigen dazu, die jeweils anderen zu verachten oder höchstens zu tolerieren. Wenn andere ihre Träume erzählen, sagt Mary Tawnish: »Ich habe noch nie in meinem Leben etwas geträumt.« Und beschwichtigend, versöhnlich fügt sie hinzu: »Zumindest erinnere ich mich nicht daran. Es soll ja bekanntlich eine Frage des Erinnerns sein?«

Ich hätte sie eher für einen Menschen gehalten, der eine ganze Menge träumt; wieso, weiß ich nicht.

Sie ist eine großgewachsene, ziemlich üppige Frau mit dickem glänzend braunem Haar und braunen Augen, die zu leuchten scheinen, von innen heraus: kein »strahlender« oder »glänzender« Blick. Sie schaut einen lächelnd an – oder auch nicht lächelnd –, immer ganz ruhig, und es liegt etwas wie ein Leuchten darin, als wäre Licht in der Farbstruktur der Iris eingefangen, weshalb ihre Augen manchmal gelblich aussehen, kontrastierend zu den ebenmäßig geschwungenen braunen Augenbrauen. Eine üppige, sich langsam bewegende Frau mit großen weißen Händen und ruhigen Bewegungen. Dazu schweigsam – sie kann zuhören.

Ihr Leben ist eine Folge von Dramen gewesen: eine bewegte Kindheit mit umherziehenden Eltern; eine schlimme erste Ehe; ein Kind, das starb; wechselnde Liebhaber; dann eine zweite Ehe mit William Tawnish, einem Physik- und Biologielehrer. Er ist ein lebhafter, sarkastisch-bitterer kleiner Mann, mit dem sie drei halberwachsene Kinder hat.

Mehr als einmal habe ich ihre Geschichte erzählt, ohne Kommentar, um das stillschweigende Urteil der anderen zu beobachten: wieder so ein Unglückswurm, wieder so ein Pechvogel und dann die Verwirrung des so Urteilenden zu erleben, wenn er sie kennenlernte, denn man kann sich keine Frau vorstellen, die von Natur aus weniger für Unstimmigkeiten oder Schicksalsschläge geschaffen ist als Mary Tawnish. So jedenfalls schien es. Und so scheint sie es auch selbst zu empfinden, denn sie mißbilligt es, wenn andere mit sich uneins sind, geradeso als hätte ihr eigenes Leben nichts mit ihr selbst zu tun.

Der erste Traum über den Töpfer war einfach und kurz. Es war einmal...: ein Dorf oder eine kleine Ansiedlung, nicht in England (das stand fest), denn zu sehen war eine ausgedörrte, kahle, rotstaubige Landschaft. Niedrige, rechteckige Gebäude aus einfach gebranntem Lehm, ebenfalls rötlich braun, verteilten sich gleichmäßig über die ausgedörrte Erde, doch weil einige ohne Dach und andere bereits im Verfall begriffen waren, wieder andere erst halbfertig, hatte der Ort etwas Unfertiges, Ungeformtes an sich. Und meilenweit erstreckte sich nach allen Richtungen die unendliche Fläche von rötlicher Erde und mitten drin diese Ansiedlung, die aussah, als hätte eine Riesenhand sie hastig aus feuchtem Lehm geformt, sie trocknen und stehengelassen. Sie schien unbewohnt zu sein, doch auf einem leeren Platz zwischen den Hütten arbeitete mutterseelenallein an einer primitiven Töpferscheibe, die mit dem Fuß angetrieben wurde, ein alter Mann. Er trug ein Gewand aus grobem Sackleinen über gelblichen, staubbedeckten Gliedern. Ein nackter Fuß stand im Staube neben mir, die rissigen Zehen gespreizt und faltig. In seinem dichten, grauen Haar hatte der Mann ein wenig Stroh.

Als ich aus diesem Traum erwachte, war ich erholt und angeregt, trotz der riesigen verdorrten Ebene und der unbewohnten Siedlung, die schon fast zu Staub zerfiel. Schließlich setzte ich mich hin und schrieb an Mary Tawnish, wobei ich allerdings ihren lustlosen Kommentar dazu im voraus hören konnte: Also, das ist interessant. Unsere Briefe sind gewöhnlich von der Art, die man ›in Verbindung bleiben‹ nennt. Zuerst erkundigte ich mich nach ihren Kindern und nach William, dann erzählte ich den Traum: »Aus einem bestimmten Grund habe ich an dich gedacht. Ich habe wirklich einen Mann gekannt, der in Afrika töpferte. Der Farmer, für den er arbeitete, entdeckte, daß er fürs Töpfern begabt war (es schien, daß sein Stamm von alters her töpferte), denn dieser Mann, Elija, stellte beim Ziegelbrennen für die Farm kleine Teller und Schüsseln mit in den Brennofen, damit sie mit den Ziegeln gebrannt wurden. Der Farmer zahlte ihm gewöhnlich einige Schillinge extra pro Woche und verkaufte die Teller an einen Händler in der Stadt. Er machte einfache Sachen, nicht so wie deine. Er hatte natürlich keine Töpferscheibe. Er malte die Sachen auch nicht an. Sie waren dunkel-gelb, weil das der Boden der Farm war. Ein bißchen monoton nach einer Weile. Und sie zerbrachen leicht. Wenn du nach London kommst, ruf mich an ...«

Sie kam nicht, doch bald bekam ich einen Brief mit dem Nachtrag: »Was für ein interessanter Traum, vielen Dank fürs Erzählen.«

Ich träumte nochmals von dem alten Töpfer. Wieder die riesige, rötliche Staubebene, umgeben von unendlich weit entfernten Bergen im blauen Dunst, so weit entfernt, daß sie Luftspiegelungen, Wolken oder niedrigstehendem Rauch glichen. Und da war die Siedlung. Und der alte Töpfer saß auf einem seiner eigenen umgedrehten Töpfe, den einen Fuß fest in den Staub gestemmt, mit dem anderen hielt er die Töpferscheibe in Bewegung; die eine Handfläche formte den Lehm, die andere schüttete Wasser darüber, das in dem drükkenden, dumpfen Licht blitzartig aufleuchtete auf seinem Weg zum sich drehenden nassen Lehm. Der Töpfer war uralt, seine Augen schwach geworden und von demselben trügerischen Blau wie die Berge. Um ihn herum trockneten auf dünnen Strohmatten in Reihen Töpfe verschiedener Größe. Sie waren alle rund. Die Hütten waren rechteckig, die Töpfe rund. Ich blickte auf diese beiden unterschiedlichen Formen dieser Erde und dann durch eine Lücke zwischen den Hütten auf die Ebene. Niemand zu sehen. Niemand schien dort zu leben. Und dennoch saß da der alte Mann mit den Hunderten von Töpfen und Tellern, die reihenweise auf dem Stroh trockneten, tauchte seine Hand in einen riesigen Wasserkrug und verteilte Wassertropfen, die süß rochen, wenn sie in den Staub fielen und versickerten.

Wieder dachte ich an Mary. Doch sie hatten nichts gemeinsam: jener alte, arme Töpfer, der niemanden hatte, der ihm seine Waren abnahm, und dagegen Mary, die ihre seltsam bemalten Schüsseln und Gefäße an die großen Geschäfte in London verkaufte. Ich fragte mich, was wohl der alte Töpfer von Marys Arbeit denken würde – besonders von einem viereckigen flachen Teller in grünlich-gelber Farbe, den ich einmal von ihr gekauft habe. Das Viereck ist sozusagen verrutscht, die Oberfläche uneben, man sieht noch Fingerspuren. Ich biete Käse darauf an. Die Gefäße des alten Mannes waren, wie ich wußte, für Hirse und für Sauermilch.

Ich erzählte Mary in einem Brief von dem zweiten Traum, wobei ich dachte: Wenn sie das nicht interessiert oder ärgert, sei's drum! Diesmal rief sie mich an. Sie bat mich, zu einem der Geschäfte zu gehen, das sich mit einer Nachbestellung Zeit gelassen hatte. Sie wollte wissen, ob sich ihre Sachen nicht verkauften, und fügte noch hinzu, sie empfinde so etwas wie Zusammengehörigkeit mit dem alten Töpfer; auch er habe, wie sich aus dem Umfang seines Vorrats schließen lasse, keine Kunden. Doch es stellte sich heraus, daß das Geschäft alles von Mary verkauft und nur vergessen hatte, nachzubestellen.

Geduldig und erregt wartete ich auf das weitere Ausspinnen des Traums, seine Fortsetzung.

Diesmal war die Ansiedlung bewohnt, ja sie wimmelte geradezu von Menschen, und sie war viel größer. Die niedrigen Flachbauten aus stumpfer Erde bedeckten nun ein Gebiet von einigen Meilen. Sie standen nicht mehr vereinzelt, sondern waren miteinander verbunden. Ich ging durch das Gefüge dieser Räume. Sie hatten alle ungefähr dieselbe Größe, doch standen sie immer im rechten Winkel zueinander, so daß, wenn man sich in einem aufhielt, man ein, zwei, drei Türen vor sich hatte, die zu der entsprechenden Zahl weiterer Lehmräume führten. Ich ging so eine halbe Meile durch niedrige, dunkle Räume, ohne daß ich ein einziges Mal einen freien Platz überqueren mußte, der nicht überdacht gewesen wäre, und als ich ins offene Tageslicht hinaustrat, saß da der Töpfer, und hinter ihm lag ein Marktplatz. Doch was für ein armseliger. Frauen, die dasselbe gelbliche Sackgewand trugen wie er, verkauften aus seinen großen Gefäßen Getreide und Milch an schmächtige, staubbedeckte Gestalten, die matt und teilnahmslos aussahen. Der Töpfer war in brütender Sonne an der Arbeit, umgeben von den zahllosen Reihen seines Tongeschirrs, das auf dem glänzend gelben Stroh trocknete. Ein sehr kleiner Junge hockte neben ihm und beobachtete jede seiner Bewegungen. Ich sah, wie das Wasser, das die Finger des alten Mannes auf den sich drehenden Topf sprühten, daran vorbeiflog und auf das kleine aufmerksame, von Armut gezeichnete Gesicht mit seinen zusammengezogenen, beobachtenden Augen spritzte. Doch das Gesicht empfing das Wasser, ohne zurückzuweichen, wahrscheinlich ohne es zu bemerken. Hinter der Ansiedlung dehnte sich die Ebene. Dahinter die schwach auszumachenden, unwirklichen Berge. Über die rote Ebene wanderten kleine Schatten von großen Vögeln, die oben ihre Kreise zogen, davonsegelten, wiederkehrten.

Ich schrieb an Mary, und sie antwortete, sie sei froh, daß der alte Mann doch noch einige Abnehmer habe; sie habe sich schon Sorgen um ihn gemacht. Sie selbst müsse sagen, es sei an der Zeit, daß er Farbe verwende, all der rote Staub sei doch zu deprimierend. Und weiter schrieb sie, sie könne sehen, daß die Ansiedlung knapp mit Wasser sei, da ich ja keinen Brunnen erwähnt hätte, geschweige denn einen Fluß, nur den mit Wasser randvoll gefüllten großen Krug des Töpfers, der den blauen Himmel, die Sonne, die großen Vögel widerspiegele. Ob nicht eine Ernährung aus nichts als Milch und Hirse schädlich für die Menschen sei? Hier brach sie ab, vermutlich könne ich ja nichts dafür, so sei eben meine Natur, und: »Apropos, ist es nicht an der Zeit, daß dein armseliges Dorf wenigstens einen Geschichtenerzähler bekommt? Die Ärmsten müssen sich ja zu Tode langweilen!«

Ich schrieb zurück, ich sei nicht verantwortlich für diese Ansiedlung; ginge es jedoch nach mir, so wäre sie umgeben von Obsthainen und reifenden Kornfeldern, mit einem Fluß voll brauner planschender Kinder. Ich könne nichts daran ändern, so sehe es nun mal dort aus, wo immer auch der Ort sei. Eines Tages sah ich in einem Geschäft ein Regal mit Marys Töpferwaren und stellte fest, daß einige davon – Gefäße und flache runde Teller – von einem glatten, mattschimmernden Braun waren, wie glänzende Haut. Unserem Dorftöpfer wären sie vertraut gewesen, nichts Befremdliches für ihn daran. Trotzdem gab es einen Unterschied zwischen Marys absichtlich einfach geformten Gefäßen und der Einfachheit des alten Töpfers. Ich schaute sie an und dachte: Nun, meine Liebe, damit kommst du nicht sehr weit... Doch ich hätte es schwierig gefunden, genau zu sagen, was ich damit meinte, und tatsächlich kaufte ich mir einen Teller und einen Krug, die mir viel Freude machten, da ich an Mary und den alten Töpfer dachte, wie sie beide in meinen Händen durch sie verbunden waren.

Es verstrich ziemlich viel Zeit. Als ich wieder träumte, war die ganze Ebene bevölkert. Die Berge waren näher gerückt, ragten mächtig und blau in den blauen Himmel hinein, bildeten ringsum die Grenze der Ebene. Von den Bergspitzen aus betrachtet, schienen die Ansiedlungen wie kleine Erhebungen der Ebene. Ich verstand ihr Wesen, ihre Beschaffenheit: hier und dort eine leichte Erhebung des Staubs, wie das zarte Muster von Regentropfen, wenn sie auf trockenen Staub fallen, sich eingraben, und dann kommt die Sonne schnell heraus und trocknet den Staub. Das winzige, zarte Muster, das auf der getrockneten Staubdecke entsteht, gibt annähernd das Gefühl wieder, das die Ansiedlungen in mir ausgelöst haben, als ich sie von den Bergen aus betrachtete. Nur daß die verkrusteten Stauberhebungen rechteckige

Muster bildeten. Ich konnte die winzigen Muster überall auf der Ebene entdecken. Ich ließ mich von den Bergen hinab, mitten durch die kreisenden und schwebenden großen Vögel und stieg hinunter zu der mir bekannten Ansiedlung. Dort saß der Töpfer; der Ton rundete sich unter seiner linken Hand, während er mit der rechten Wasser darüber sprühte. Alles lief wie üblich ab – ich war beruhigt, daß er dort war und seine Töpfe formte. Kaum etwas war verändert, obwohl so viel Zeit vergangen war. Die niedrigen, flachen und eintönigen Behausungen waren dieselben, wenn sie auch seit dem letzten Mal, wo ich dagewesen war, hundertmal zu Staub zerfallen waren und sich wieder erhoben hatten. Immer noch kein Grün, kein Fluß. An den Ufern eines schäumenden Bachs weideten Ziegen; Hirse wuchs an verstreut liegenden Flecken, niedergedrückt und braun von der Trockenheit. Auf dem Marktplatz lagen rötliche Früchte neben angehäufter weicher Hirse auf geflochtenen Bastmatten. Die Früchte waren mir unbekannt: klein, pflaumengroß, mit glatter Haut; und ich wußte, sie schmeckten bitter und hatten weiches, saftiges Fleisch. Rötlich-gelbe Hülsen lagen im Staub umher. Ein Mann ging an mir vorbei, in schleichendem Gang bewegten sich matt seine Hüften; mit dem Druck eines Ellbogens hielt er sein sackähnliches Gewand an den Körper gedrückt und starrte über die rote Frucht hinweg, die er an seine scharfen, gelben Zähne preßte.

Ich erzählte Mary im Brief, daß die Ebene nun stärker bevölkert sei, daß sich aber nichts zum Guten verändert habe, außer den Früchten. Doch die seien recht herb, ich selber hätte keine Lust auf sie.

Sie antwortete darauf, sie sei froh, daß sie einen so gesunden Schlaf habe, sie würde solche Träume deprimierend finden.

Ich schrieb, daran sei doch nichts Deprimierendes. Ich überließe mich mit Vergnügen dem Traum, so als lauschte ich einem Geschichtenerzähler: Es war einmal...

Aber der nächste Traum war entmutigend, ich wachte deprimiert auf. Ich stand neben dem alten Töpfer auf dem Marktplatz, und diesmal ruhten seine Hände, die Töpferscheibe stand still. Mit den Augen verfolgte er die Bewegungen der Käufer und Verkäufer, und sein Mund hatte einen bitteren Zug. Zu beiden Seiten standen seine Gefäße auf dem warmen glänzenden Stroh. Ab und zu suchte sich eine Frau bedachtsam einen Weg durch die Reihen, beugte sich vor, die Augen verengend, um die Töpfe zu betrachten. Dann suchte sie einen aus, ließ eine Münze in die Hand des Töpfers gleiten und trug den Topf auf der Schulter davon.

Ich befand mich im Geist des Töpfers, und ich kannte seine Gedanken: »Nur einmal, Herr im Himmel, nur einmal, nur einmal!« Er schob die Hand in einen heißen Schattenflecken unter der Töpferscheibe und hob auf seiner Handfläche ein kleines Kaninchen aus Ton hoch, das er der Erde entgegenhielt. Regungslos saß er da, schaute zum Himmel, dann auf das Kaninchen und flehte: »Bitte, Herr, nur einmal.« Doch nichts passierte.

Ich schrieb Mary, der alte Mann sei es müde, jahrhundertelang Töpfe zu machen, die nur so ein kurzes Leben hätten: die Scherben der Töpfe hatten das Fundament der Ansiedlung mittlerweile um sechs Meter gehoben, und jeder Topf war von seiner Töpferscheibe gekommen. Er wollte, daß Gott seinem Tonkaninchen Leben einhauchte. Er hatte gehofft, seinen Atem auf der Handfläche zu spüren und es dabei zu beobachten, wie es auf und davonhoppelte zwischen den großen Tontöpfen hindurch, sie beschnüffelte und mit den Ohren zuckte – etwas Lebendes inmitten des geformten Tons.

Mary sagte, der alte Mann übertreffe sich selbst. Und weiter: »Warum ein *Kaninchen*? Ich *verstehe* das Kaninchen einfach nicht. Was soll dort ein Kaninchen? Machst du dir klar, daß sie, abgesehen von den Ziegen (du hast gesagt, sie haben dort Milch) und den Geiern da in der Höhe, überhaupt keine Tiere haben? Wäre eine Kuh da nicht besser als ein Kaninchen?«

Ich darauf: »Ich kann zwar an dem Ort gar nichts ändern, wenn ich davon träume, aber wenn ich wach bin, warum nicht? Also, das Kaninchen hoppelte von der Hand des alten Mannes herunter in den Staub. Es saß da, schnupperte und bebte am ganzen Körper, so wie es Kaninchen tun. Dann sprang es langsam davon und begann am Stroh zu knabbern, während der alte Mann vor Glück weinte. Na, was sagst du dazu? Wenn ich sage, da war ein Kaninchen, dann war das ein Kaninchen. Außerdem hat der arme Alte es nach so langer Zeit verdient. Gott hätte so viel machen können, es hätte ihn gar nichts gekostet.«

Ich bekam keine Antwort auf diesen Brief, und ich hörte auf, von dieser Ansiedlung zu träumen. Ich wußte, es war wegen meiner Unverfrorenheit, dieses Kaninchen zu erschaffen und mich in die Geschichte einzubringen. Na schön... Ich schrieb an Mary: »Ich habe die ganze Zeit überlegt: Angenommen, *du* hättest das von dem Töpfer geträumt – schon gut, schon gut, nehmen wir's nur mal an. Also. Am nächsten Tag saßest du am Frühstückstisch, dein William dir gegenüber, zwischen euch die Kinder, die Cornflakes aßen und Milch tranken. Du warst ziemlich schweigsam. (Das bist du natürlich sonst auch.) Du hast deinen Mann angesehen und gedacht: Was um Himmels willen würde er sagen, wenn ich ihm jetzt erzählte, was ich vorhabe? Du hast aber nichts gesagt, sondern am Tisch gesessen; dann hast du die Kinder zur Schule geschickt und deinen Mann zu seinen Schulklassen. Dann warst du allein, und nachdem du das Geschirr gespült und weggestellt hattest, bist du verstohlen in das Zimmer mit den Steinfliesen gegangen, wo deine Töpferscheibe und der Brennofen stehen, hast Ton genommen und ein kleines Kaninchen geformt und es auf ein hohes Regal hinter einige fertige Vasen gesetzt, um es trocknen zu lassen. Du wolltest nicht, daß irgend jemand das Kaninchen sähe. An einem Tag, eine Woche später, als das Kaninchen trocken war, hast du gewartet, bis deine Familie aus dem Haus war, hast es auf deine Handfläche gestellt, bist mit ihm dann hinaus auf ein Feld gegangen, hast dich hingekniet, das Kaninchen dem Gras entgegengehalten und gewartet. Du hast nicht gebetet, denn du glaubst ja nicht an Gott, doch du wärst nicht im geringsten überrascht gewesen, wenn die Nase des Kaninchens zu zucken begonnen hätte und seine langen, weichen Ohren sich aufgerichtet hätten...«

Mary schrieb daraufhin: »Es gibt keine Kaninchen mehr, hast du die Myxomatose vergessen? Tatsächlich habe ich neulich für die Kinder einige kleine Kaninchen aus Ton geformt, mit blaugrüner Glasur, weil mir der Gedanke kam, daß die beiden Jüngsten außer den Bilderbuchkaninchen noch keins gesehen haben. Doch in einigen Gebieten sind sie, wie ich höre, schon wieder zurück. Die Bauern werden darüber verärgert sein.«

Ich schrieb: »Ja, das hatte ich vergessen. Nun, denn... manchmal abends, wenn du über die Felder gehst, denkst du: Wie hübsch ist es doch, wenn ein Kaninchen seine Pfoten hebt und uns anschaut. Du erinnerst dich an die verwesenden kleinen Körper vor einigen Jahren. Du denkst: *Ich will's noch einmal versuchen.* Unterdessen bist du nervös, was William dazu sagen wird, er ist so ein Rationalist. Wir sind das natürlich auch, aber er würde nicht mal ein bißchen mit der Phantasie spielen. Ich kann mich da täuschen, doch ich glaube, du hast Angst, William könnte dich dabei ertappen, und du gibst dir Mühe, nicht dabei ertappt zu werden. An einem sonnigen Morgen nimmst du es aufs Feld hinaus und ... schon gut, schon gut, es hoppelt natürlich *nicht* davon. Du kannst dich nicht entschließen, ob du dein Tonkaninchen mitten unter die warmen Gräser stellen sollst (es ist ein sonniger Tag) und es wieder zu Erde zerbröckeln läßt oder ob du es in deinem Brennofen härten sollst. Bisher hast du es nicht getan, es ist sogar noch ziemlich feucht: das Kaninchen des alten Töpfers war naß, ich hab' gesehen, wie er es, unmittelbar bevor er es in die helle Sonne hinaushielt, mit Wasser besprühte.

Später entscheidest du dich, es deinem Mann zu sagen. Aus Neugierde? Die Kinder sind im Garten, du kannst ihre Stimmen hören, und William sitzt dir gegenüber und liest Zeitung. Du hast das verrückte Verlangen, plötzlich zu sagen: Ich werde heute abend mein Kaninchen aufs Feld hinausnehmen und Gott darum bitten, daß er es zum Leben erweckt; ein Feld ohne Kaninchen, da fehlt etwas. Statt dessen sagst du: ›Ich habe letzte Nacht geträumt, William ...‹ Zuerst runzelt er die Stirn, kurz nur, dann richtet er seine kleinen, flinken, intelligenten Augen mit den rötlichblonden Wimpern auf dich und hört sich alles genau an. Zu deiner Überraschung sagt er statt: ›Ich wußte ja gar nicht, daß du träumst‹: ›Mary, ich hab' nicht gewußt, daß du es damals verurteilt hast, als die Bauern ihre Kaninchen ausgerottet haben.‹ Du darauf: ›Ich hab' das nicht verurteilt, vermutlich hätte ich dasselbe getan.‹

Daß er gar nicht sarkastisch oder ungeduldig darauf reagiert hat, was doch leicht hätte sein können, läßt ein Schuldgefühl in dir aufkommen, wenn du das Tonkaninchen herunterholst, es ins Feld hinausnimmst und es in eine Hecke setzt, seine Nase in Richtung des frischen Grases. An diesem Abend sagt William ganz beiläufig: ›Es wird dich freuen zu hören, daß es wieder Kaninchen gibt. Basil Smith hat eins auf seinem Feld geschossen – das erste seit acht Jahren, sagt er. Ich freu' mich auch, ich hab' die kleinen Halunken vermißt.‹ Du bist entzückt. Heimlich schlüpfst du in das kalte, etwas neblige Mondlicht hinaus und rennst zur Hecke, und das Kaninchen ist natürlich verschwunden. Du stehst da, ziehst deine dicke, grüne Stola eng um dich (denn es ist kalt), zitternd, doch voll Freude, voll Freude! Wenn du auch ganz genau weißt, eins deiner Kinder oder ein anderes Kind ist an dieser Hecke entlanggelaufen, hat das Kaninchen gesehen und es genommen, um damit zu spielen.«

Mary schrieb darauf: »Schon gut, wenn du meinst, dann ist es eben so. Doch ich muß dir sagen, wenn du wissen willst, was *wirklich* passiert ist: Eigentlich ist nur passiert, daß Dennis (das mittlere der Kinder) sein blauglasiertes Kaninchen aus Spaß in die Hecke nahe beim Tor der Smiths gesetzt hat und daß Basil Smith es irgendwann bei beginnender Dunkelheit in tausend Stücke zerschossen hat; er hat geglaubt, es sei echt. Jedes Jahr hat er ein kleines Vermögen wegen der Kaninchen verloren, er fand das gar nicht witzig. Wie dem auch sei, warum kommst du nicht mal zum Wochenende hierher?«

Die Tawnish-Familie wohnt in einem alten Bauernhaus am Rand eines Dorfes. Es gibt da einen großartigen Garten mit Obstbäumen, Rosen und allem möglichen. Das große Haus und die drei Jungen machen eine

Menge Arbeit, doch Mary verbringt so viel Zeit wie möglich in dem Schuppen, früher eine Molkerei, und töpfert. Als ich ankam, traf ich sie in der Küche beim Mittagessen. Mary nickte mir zu, mich zu setzen. William hatte Streit mit Dennis, dem mittleren der Kinder, der, wie die beiden anderen Jungen behaupteten, ›sich aufspielte‹. Vielmehr, er stand jene Qualen lähmender Befangenheit aus, die kleine Jungen manchmal durchleiden, er rollte mit den Augen, während er stotterte und herumzappelte, die ganze kleine Person, sonst rötlich-sommersprossig, war nun dunkelrot, ein Bild des Jammers.

»Ich hab' ich hab' ich hab' ...« Er machte eine Pause, um Luft zu holen, seine Augen traten hervor, sein älterer Bruder sagte monoton wiederholend: »Nein, du hast nicht, du hast nicht, du hast nicht.«

Und der Vater sagte munter, leicht irritiert: »Also, Dennis, benutz jetzt mal deinen Grips, du kannst das doch gar nicht gemacht haben, ganz offensichtlich hast du es *nicht* gemacht.«

»Aber ich hab' ich hab' ich hab' ...«

»Nun, dann ist es wohl besser, du gehst aus dem Zimmer, bis du wieder zu Verstand kommst und dich wieder richtig zu benehmen weißt unter vernünftigen Menschen«, sagte sein Vater, auf seine Rechte pochend.

Das heftig erregte Kind mußte mit seinem Atem kämpfen und rannte aufheulend in den Garten hinaus, wohin ihm nach einer Weile der ältere Junge folgte, angeblich, um ihn zu beaufsichtigen. »*Was* hat er getan?« fragte ich.

»Wer weiß?« sagte Mary. Da saß sie am Kopfende des Tisches, helläugig, lächelnd und teilte Apfelkuchen mit Eiercreme aus, ein dunkler Wechselbalg inmitten ihrer rötlichblonden, sommersprossigen Familie.

Ihr Mann sagte heftig: »Was soll das heißen: ›Wer weiß?‹ Du weißt es doch ganz genau.«

»Er hat doch diesen Kampf mit Basil Smith«, sagte Mary zu mir. »Seit damals, als Basil Smith sein blaues Kaninchen zerschossen hat, gibt es auf beiden Seiten Feindseligkeiten. Dennis behauptet, er habe letzte Nacht den Bauernhof von Smith in Brand gesetzt.«

»Was?«

Mary zeigte durch ein niedriges Fenster, wo man zwei Felder entfernt das Smith-Haus sehen konnte, ein Bild wie in einem Rahmen.

William sagte: »Hysterisch ist er. Und jetzt muß endlich Schluß damit sein!«

»Nun«, sagte Mary, »wenn Basil mein blaues Kaninchen zerschösse, dann würde ich auch sein Haus niederbrennen wollen. Mit scheint das ganz vernünftig.«

William stieß einen Wutschrei aus, beherrschte sich, weil ich dabei war, schoß nach allen Seiten wilde Blicke und ging nach draußen, wobei er den Jüngsten mit sich nahm.

»Hm«, sagte Mary. »Hm...« Sie lächelte. »Komm mit zur Töpferei, ich muß dir was zeigen.« Sie ging vor mir einen Steingang entlang, eine große, sich langsam bewegende Frau, in ihrem glänzend braunen Haar fing sich das Licht. Als wir an einem offenen Fenster vorbeikamen, gab es dort ein furchterregendes Kreischen, Schreien, Schlagen, und wir sahen, wie die drei Jungen sich raufend im Gras wälzten, während William erfolglos um sie herumtanzte und schrie: »Hört auf, hört sofort auf damit!« Ihre Mutter ging – scheinbar desinteressiert – vorbei in den Töpferraum.

Der Raum enthielt alles zum Töpfern, auch eine große Anzahl verschiedenster Gefäße, Teller und Kannen in allen Farben, die auf Regalen standen. Von einem hohen Regal hob Mary ein geformtes Etwas herunter und setzte es vor mich hin. Dann überließ sie es mir, während sie sich am Brennofen zu schaffen machte.

Der Gegenstand war gelblichbraun, eine Art Kaninchen oder Hase, doch mit anderen Ohren – schmaler, kreuz und spitzzulaufend, wie die sprossenden Triebe einer Pflanze. Sein Maul war eher hunde- denn kaninchenartig; es sah so aus, als fräße es kein Gras – vielleicht Insekten und Käfer? Gelbliche Augen saßen auf der Vorderseite des Kopfes. Seine Hinterläufe waren weniger kraftvoll als die eines Kaninchens oder Hasen; und ich sah, daß seine Fähigkeit eher darin bestand, sich zu verbergen, als darin, den Feinden in großen mächtigen Sprüngen zu entkommen. Es ruhte auf kurzen, stämmigen Hinterläufen, die Vorderpfoten waren in einer seltsamen, verkrümmten, fast affektierten Pose emporgehoben, der Kopf war zur Seite gewandt, und die Ohren waren ineinander gerollt. Es sah so aus, als wäre das Ding wie eine Feder gespannt und dann halb wieder losgelassen worden. Es sah aus wie ein seltsam geformter Felsen oder wie die rauhen, verkümmerten Pflanzen, die manchmal auf Felsgestein wachsen. Mary kehrte zurück und stellte sich neben mich, den Kopf leicht zur Seite geneigt, mit ihrem charakteristischen, geduldigen, unmerklichen Lächeln, das dennoch leichten Überdruß nicht ganz verhehlte.

»Nun«, sagte sie, »da ist es also.«

Ich zögerte, denn es war nicht das Geschöpf, das ich auf der Handfläche des alten Töpfers gesehen hatte.

»Was hatte da eigentlich ein englisches Kaninchen zu suchen?« fragte sie.

»Ich hab' nicht gesagt, daß es ein englisches Kaninchen gewesen ist.«

Aber natürlich, sie hatte recht: Dieses Tier hier war weit mehr im Einklang mit den getrockneten Lehmhäusern, der Staubebene als das hübsche, weiche Kaninchen, das ich mir geträumt hatte.

Ich lächelte Mary an, weil sie mir den Willen ließ, so wie ihrem Mann und ihren Kindern. Aus irgendeinem Grund dachte ich an ihren ersten Mann und ihre Liebhaber, von denen ich zwei gekannt hatte. In schmerzhaften Krisenmomenten oder bei einer Trennung hatte sie so dagestanden – eine ruhige, hübsche Frau, die ihr mildes, satirisches Lächeln lächelte, so als wolle sie sagen: »Nun, wenn du Trara machen willst, bitte, mit mir hat das alles nichts zu tun.« Wenn es so war, dann wundert's mich, daß niemand von ihnen sie ermordet hat.

»Gut«, sagte ich schließlich, »danke. Kann ich das Ding da mitnehmen, was immer es sein mag?«

»Natürlich. Ich habe es für dich gemacht. Du mußt zugeben: Hübsch ist es vielleicht nicht, aber um so *wahrer* ist es.«

Ich ließ das gelten, konnte wohl nicht anders: »Danke, daß du dich so weit auf unser Niveau herabgelassen hast, um unser Spiel mitzumachen.«

Hierbei blitzten ihre hellen Augen auf, während ihr Gesicht ernsthaft blieb, so als könnte sich bei ihr Belustigung oder Anerkennen der *Wahrheit* nur so ausdrükken: in der wechselnden Helligkeit ihrer Iris.

Einige Augenblicke später kamen die drei Jungen und der Vater hereingestürmt, getrieben von Zanklust und mit der ganzen Energie von Sich-Streitenden. Der gekränkte Dennis war in Tränen aufgelöst, der Vater fast außer sich. Mary, die sich bisher rausgehalten hatte, rief wütend etwas, warf sich schnell einen Mantel über und sagte: »Ich kann das hier nicht ertragen. Ich werde mit Basil Smith reden.«

Sie verließ das Haus, und ich beobachtete, wie sie über die Felder zum anderen Haus ging.

Unterdessen kam Dennis, mit feuerrotem, leidendem Gesicht, in die Töpferei, auf der Suche nach seiner Mutter. Er wirbelte umher, suchte sie überall, dann packte er mein Geschöpf und sagte: »Ist das für mich?«, hielt es, als ich sagte: »Nein, das ist für mich«, besitzergreifend an sich gepreßt, stellte es aber nach meiner Aufforderung wieder hin und stand glühend wie ein Ofen da; seine Sommersprossen zeichneten sich wie Teeblätter auf der Haut ab.

»Deine Mutter ist rüber zu Mr. Smith gegangen«, sagte ich.

»Er hat mein Kaninchen zerschossen«, sagte er.

»Es war kein echtes Kaninchen.«

»Aber er hat geglaubt, daß es ein echtes war.«

»Stimmt, aber du hast doch gewußt, er würde das glauben und es darum erschießen.«

»Er hat es getötet!«

»Das hast du ja nur gewollt!«

Bei diesen Worten stieß er einen Schrei aus und hüpfte wie ein Verrückter auf und ab und schrie: »Hab' ich nicht, hab' ich nicht, hab' ich nicht...«

Als jetzt sein Vater auf dem Schauplatz erschien, packte der ihn bei den um sich schlagenden Armen, zwang das Kind, still zu sein, und hielt es so, wobei er in einem Wutanfall ungläubigen gesunden Menschenverstands sagte: »Ich hab' noch nie – in meinem – Leben – so etwas – Blödsinniges – gehört!«

Jetzt kam Mary herein, begleitet von Mr. Smith, einem großen, blonden, jugendlichen Mann mit einem offenen, angenehmen Gesicht, auf dem jetzt Unbehagen stand, da er sich auf etwas eingelassen hatte.

»Laß das Kind los«, befahl Mary ihrem Mann. Dennis ließ sich auf den Boden fallen, wälzte sich dort, blieb mit dem Gesicht nach unten liegen, von Schluchzen geschüttelt.

»Ruf die anderen!«

Die Ergebung in Person, ging William ans Fenster und rief: »Harry, John, Harry, John, kommt sofort her, eure Mutter will euch sehen!« Danach stand er da, die Arme verschränkt, ein geschlagener Philosoph, der wütend grinste, während die beiden anderen Kinder hereinkamen und abwartend an der Tür stehenblieben.

»Also«, sagte Mary. »Steh auf, Dennis.«

Dennis stand auf, das Gesicht schmerzzerschunden, und blickte hoffnungsvoll auf seine Mutter.

Mary blickte Basil Smith an.

Dieser, darauf bedacht, auch nichts Falsches zu sagen, sagte: »Es tut mir sehr leid, daß ich dein Kaninchen getötet habe.«

Der Vater atmete scharf und empört auf, doch blieb er auf einen Blick seiner Frau hin ruhig.

Die Brust von Dennis hob und senkte sich – gleich würde er in einen Sturm von Tränen ausbrechen.

»Dennis«, sagte Mary, »sprich mir nach: ›Mr. Smith, es tut mir sehr leid, daß ich Ihr Haus in Brand gesetzt habe.‹«

Dennis brachte in aller Hast hervor, um es bald hinter sich zu bringen: »Mr. Smith, es tut mir sehr leid, daß ich Ihr Haus in... in... in...« Er schnüffelte und atmete schwer, Mary sagte mit fester Stimme: »*In Brand gesetzt*, Dennis«.

»In Brand gesetzt habe«, sagte Dennis wimmernd. Dann stürzte er sich zu seiner Mutter, vergrub den Kopf an ihrer Brust und stand heulend und mit sich im Kampfe da, während sie ihre großen Hände auf seinen rötlichen Haarschopf gelegt hatte und über ihn hinweg Mr. Basil anlächelte.

»Du lieber Himmel«, sagte ihr Mann und ließ die verschränkten Arme dramatisch sinken, jetzt, wo das lächerliche Spiel vorüber war. »Kommen Sie, wir trinken was, Basil.«

Die Männer machten sich davon. Die beiden anderen Kinder standen stumm-beschämt da wegen des starken Gefühlsausbruchs von Dennis, für den sie sich offensichtlich zum Teil schuldig fühlten. Dann schlüpften sie hinaus, um zu spielen. Das Haus war wieder ruhig, bis auf Dennis' schwächer werdendes Schluchzen. Schon bald brachte Mary den Jungen hinauf auf sein Zimmer, damit er darüber schlafe. Ich blieb in der großen Töpferei mit den Steinfliesen und betrachtete mein seltsames, verdrehtes Tier und Marys Arbeiten in ihren Blau- und Grüntönen, die überall an den Wänden aufgereiht standen.

Das Abendessen war früh und bald vorbei. Die Jungen waren still, Dennis zu kraftlos, um zu essen. Für jeden wurde Bettruhe verschrieben. William blickte ständig auf seine Frau, sein Mund unter dem rötlichen Schnurrbart hatte etwas Starres, und man konnte direkt hören, wie er dachte: Sie mit diesem Unsinn vollzustopfen, während ich versuche, sie zu vernünftigen Menschen zu erziehen! Doch sie mied seine Augen, saß ruhig und uns entrückt da und teilte Kartoffelpüree und braunen Eintopf aus. Erst als wir mit dem Spülen fertig waren, lächelte sie ihn an – ihr mildes, belustigtes Lächeln. Es war ganz klar, daß sie danach verlangten, allein zu sein. Ich sagte darum, ich wolle früh zu Bett, und ließ sie allein: Noch bevor ich aus dem Zimmer war, war er bei ihr und berührte sie.

Am nächsten Tag, einem warmen Sommersonntag, waren wir alle entspannt; das alte Haus friedlich. Ich fuhr abends ab, das Tongeschöpf bei mir, und Mary sagte lächelnd, mir zu Gefallen: »Halt mich auf dem Laufenden, was weiterhin an deinem Ort passiert, wo immer der auch ist.« Doch ich hatte ihr schönes Tier in meinem Koffer, darum machte es mir nichts aus, daß sie mir das zu Gefallen sagte.

Wieder zu Hause, ging ich in dieser Nacht im Traum auf den Marktplatz, hinüber zu dem alten Töpfer, der seine Töpferscheibe anhielt, als er mich kommen sah. Der kleine Junge hob seine zusammengekniffenen, aufmerksamen Augen von den Händen des Töpfers und lächelte mich an. Ich streckte ihnen Marys Geschöpf hin. Der alte Mann nahm es, blinzelte, um einen prüfenden Blick darauf zu werfen, nickte. Er hielt es in seiner linken Hand, tröpfelte Wasser mit seiner rechten darauf, streckte die Handfläche nach unten, dem mit Abfällen und Staub bedeckten Boden entgegen, und das Geschöpf sprang auf und davon mit schnellen, ruckartigen Bewegungen, hielt erst an, als es durch die Hütten hindurch war, weg von der Ansiedlung und vor einer kleinen Erhöhung aus schroffem, braunem Felsgestein, wo es seine Vorderpfoten hochhob und in der Pose erstarrte, für die Mary es geschaffen hatte. Oben glitt ein Adler oder Falke vorbei, spähte herab, doch übersah er Marys Geschöpf, glitt weiter auf und davon in das große blaue All über der trockenen Ebene zu den Bergen. Ich hörte das Knarren der Töpferscheibe; der alte Mann hatte wieder seine Arbeit aufgenommen. Der kleine Junge kauerte da und sah zu; die rechte Hand des Töpfers versprühte Wasser auf das Gefäß, das die andere gerade formte, und benäßte das Gesicht des Kindes in einem schönen sprühenden Bogen aus glitzerndem Licht.

Die Höhe bekommt uns nicht

An jenem Abend des Balls, Jahre später, als Mrs. Slatter mit diesem so kalten und erschreckenden Gesicht, daß ich nicht glauben konnte, es war ihr Gesicht, da ich sie schon so lange kannte (am Tage und von Besuchen), um Mitternacht ins Schlafzimmer kam, ohne mich zu bemerken, denn die heruntergedrehte Lampe warf nur einen kleinen Lichtkreis – an jenem Abend, als sie sich wieder aus dem Zimmer geschleppt hatte, immer noch ohne mich bemerkt zu haben, ging ich zum Spiegel und betrachtete mich darin. Ich hielt die Lampe, so nahe es ging, und betrachtete mein Gesicht. Denn bis zu diesem Zeitpunkt hatte ich nicht gewußt, daß ein Gesicht so glatt und zufrieden, wenn auch oft traurig sein konnte, wie es Molly Slatters Gesicht in diesen Jahren gewesen war, und dann in der Einsamkeit, fern vom Tanz und den Leuten (an diesem Abend hatten sie viel getrunken, und die Stimmen erinnerten mich an das Heulen der Hunde bei Vollmond) zu einem alten und geduldigen Stein erstarrte. Ja, ihr Gesicht wirkte wie weißer Stein, den der Regen ausgewaschen hat.

Mein Gesicht an diesem Abend im Spiegel, beleuchtet vom gelben Lampenlicht und mit der dunklen, feuchten Glasscheibe im Hintergrund, war glatt und fragend, und auf ihm lag der muntere, geschmeichelte Ausdruck eines Mädchens im ersten langen Kleid, das zum ersten Male mit den anderen jungen Leuten tanzen geht. Da war nichts zu sehen; es war das leere Gesicht eines Mädchens. Und doch hatte ich gerade geweint und wünschte, ich könnte mich im Dunkeln verbergen und dort für immer bleiben. Und doch war mir Molly

Slatters schreckliches Gesicht so vertraut, als sei es ihr Gesicht – ihr wirkliches Gesicht. Ich schien es zu kennen. Das bedeutete, daß die Jahre, in denen ich sie als eine freundliche und trotz all ihrer Probleme zufriedene Frau erlebt hatte, mir etwas anderes über sie verraten hatten. Aber ich war erst jetzt bereit, es zu verstehen.

Ich verließ den Spiegel, stellte die Lampe auf den Frisiertisch, ging hinaus in den Flur und suchte sie unter den anderen Leuten. Und da war sie in ihrem roten Satinkleid und sah aus wie immer. Sie unterhielt sich mit meinem Vater, hatte die Hand auf die Lehne seines Sessels gelegt und lächelte zu ihm hinunter.

»Es war kein schlechtes Jahr, Mr. Farquar«, sagte sie gerade, »der Regen hat es gut mit uns gemeint.«

Als wir in dieser Nacht nach Hause fuhren, fragte meine Mutter im Auto: »Was hat Molly zu dir gesagt?«

Und mein Vater erwiderte: »Ach, ich weiß nicht ... ich weiß wirklich nicht.« Seine Stimme klang traurig und ärgerlich.

Sie erklärte: »Also, ihr Kleid! Ihre Abendkleider sehen alle nach billigem Nightclub aus.«

Er erwiderte bekümmert und traurig: »Ja ... übrigens habe ich deshalb etwas zu ihr gesagt.«

»Jemand mußte es einmal tun.«

»Nein«, widersprach er schnell der kalten, kritisierenden Stimme, »nein. Es ... hat eine hübsche Farbe. Aber ich sagte zu ihr: Wenig Stoff an dem Kleid!«

»Was meinte sie dazu?«

»Sie war verletzt. Es tat mir leid, daß ich überhaupt etwas gesagt hatte.«

»Hm, hm«, machte meine Mutter und lachte leise.

Er drehte den Kopf zu ihr, so daß die Scheinwerfer einen Moment lang wild über die tiefen Reifenspuren in der Straße tanzten, und sagte: »Sie ist eine gute Frau. Sie ist eine nette Frau.«

Aber sie lachte nur noch einmal beleidigt auf, wie eine Frau, die Streit sucht, weil sie nicht nachgeben will, obwohl sie weiß, daß sie im Unrecht ist.

Ich sah dieses Kleid wieder vor mir, sah die schmalen, schweißdunklen, gekreuzten Träger auf dem alternden weißen Rücken und Mrs. Slatters Gesicht, als mein Vater sie kritisierte. Ich sah es so deutlich, als wäre ich dabei gewesen. Sie wurde rot, hob den Kopf, senkte die Lider, um die Tränen zu verbergen, und sagte: »Es tut mir leid, daß Sie das finden, Mr. Farquar.« Sie tat es mit Würde. Jawohl, sie hatte das Kleid angezogen, um etwas zu sagen. Aber mein Vater billigte es nicht. Er hatte keinen Zweifel daran gelassen.

Es lag ihr etwas an dem, was mein Vater sagte. Sie hielten viel voneinander. Sie nannte ihn immer Mr. Farquar, und er nannte sie Molly; und wenn die Slatters zum Tee kamen und Mr. Slatter brutal wurde, lag im Benehmen meines Vaters eine Liebenswürdigkeit und eine Achtung, die selbst Mr. Slatter nicht entging und ihn manchmal sogar dazu brachte, etwas mit leiserer Stimme – wenn auch noch immer ungeduldig – zu wiederholen, was er zu seiner Frau gesagt hatte.

Ich war etwa sieben oder acht, als ich zum ersten Male bemerkte, daß mein Vater etwas für Molly Slatter empfand und meine Mutter ihr das verübelte. Ihr Haus stand wie das unsere auf einem Hügel, sechs Meilen entfernt, wenn man über das Veld ging, aber zehn Meilen auf der Straße. Gegen Ende der Trockenzeit, wenn die Bäume nur noch spärlich belaubt waren, sahen wir bei Sonnenuntergang in der Ferne ihre Lichter schwach und gelb aufleuchten. Mein Vater kam einmal zurück, nachdem er mit Mr. Slatter Farmangelegenheiten besprochen hatte, stellte sich ans Fenster und blickte auf die meilenweit entfernten Lichter. Meine Mutter beobachtete ihn. Dann sagte er: »Vielleicht sollte sie sich gegen ihn wehren. Nein, *das* ist es nicht. Sie tut es auf ihre Weise. Aber Slatter ist, weiß Gott, ein harter Bursche.«

Meine Mutter beugte sich tief über ihr Nähzeug und sagte: »Sie hat ihn geheiratet.«

Sein Kopf fuhr herum, und er sah sie überrascht an: »Richtig, sie hat ihn geheiratet.«

»Also?«

»Ach, sei doch nicht so, Mädchen«, erwiderte er beinahe fröhlich und lachte laut. Dann ging er immer noch gereizt lachend zu ihr hinüber und gab ihr einen Kuß auf die Wange.

»Ich mag Molly«, sagte sie abwehrend. »Ich mag sie. Sie beherrscht nicht das, was man Konversation nennen kann, aber ich mag sie.«

»Ich bin sicher, das Leben mit Slatter hat sie gelehrt, den Mund zu halten.«

Wenn Molly Slatter herüberkam, um den Tag mit meiner Mutter zu verbringen, unterhielten sich die beiden Frauen stundenlang angeregt über Haushaltsfragen. Doch sobald mein Vater zum Tee oder zum Abendessen kam, beeinträchtigte das ihre Sympathie füreinander, und meine Mutter beobachtete ironisch, wie mein Vater sich zu Mrs. Slatter setzte, selbst wenn es nur für eine Minute war, und sich erkundigte: »Na, Molly, alles in Ordnung?«

»Danke, Mr. Farquar, mir und den Kindern geht es sehr gut.«

Die meisten Leute fürchteten Mr. Slatter. Die Slatters hatten vier Söhne, und wenn der alte Slatter schlechter Laune war und die Peitsche knallen ließ, die er immer bei sich trug, verschwanden sie im Busch und blieben dort, bis er sich beruhigt hatte. Die Eingeborenen auf der Farm fürchteten ihn alle. Einmal, als er wußte, daß der Hausboy Seife gestohlen hatte, band er ihn ohne

Essen und Wasser einen ganzen Tag und eine Nacht lang an einen Baum im Garten, und jedesmal, wenn er vorbeikam, schlug er ihn mit der Peitsche, bis der Boy schließlich gestand. Und als ein Farmarbeiter, den er geschlagen hatte, sich bei der Polizei beklagte, band Mr. Slatter ihn an sein Pferd, ritt im Galopp zur zwölf Meilen entfernten Polizeistation, so daß der Mann gezwungen war, nebenherzurennen, und drohte ihm, er werde ihn umbringen, wenn er sich noch einmal bei der Polizei beschwerte. Er bezahlte die zehn Shilling Bußgeld, und der Mann mußte den ganzen Weg zurück wieder neben dem Pferd herlaufen.

Ich fürchtete mich so vor ihm, daß ich bereits zu zittern begann, wenn ich seinen Wagen von der Straße in die Auffahrt zu unserem Haus abbiegen sah.

Slatter war ein bulliger, blonder Mann mit kleinen, blauen Augen und sandfarbenen Wimpern. Er hatte einen kleinen Mund mit dicken, aufgeplatzten Lippen und rote, häßliche Hände. Er kam meist mit einem leichten Grinsen die breiten, rotglänzenden Stufen zur Veranda herauf und sah uns an. Dann packte er mit jeder Hand einen seiner Söhne, die gerade in der Nähe standen, bei den Haaren und schloß langsam, ohne ein Wort zu sagen, die Hände zu Fäusten, und sie grinsten ebenfalls, während ihre Augen sich mit Tränen füllten. Über ihre Köpfe hinweg lächelte er Molly Slatter an, die stumm dabeisaß und nichts sagte. Schließlich stöhnte einer vor Schmerzen auf, Mr. Slatter entblößte seine kleinen, verfärbten Zähne in einem triumphierenden, gutgelaunten Grinsen und ließ beide los. Dann stapfte er mit seinen schweren Stiefeln ins Haus.

Mrs. Slatter sagte dann beschwichtigend zu ihren Söhnen: »Weint nicht. Euer Vater weiß nicht, wie stark er ist«, und nähte beherrscht und blaß weiter.

Einmal parkte der Wagen der Slatters direkt neben

unserem vor dem Laden im Dorf. Mrs. Slatter saß vorne auf dem Beifahrersitz. In unserem Wagen saß mein Vater am Steuer, meine Mutter neben ihm, und wir Kinder saßen auf dem Rücksitz. Mr. Slatter kam mit Mrs. Pritt aus der Bar, blieb auf der Veranda stehen, und die beiden unterhielten sich etwa eine halbe Stunde lang. Wie es seine Art war, stand er breitbeinig, mit zurückgeworfenem Kopf vor ihr, kniff die Augen zusammen und grinste; die roten Hände hingen locker an den Seiten. Mrs. Pritt verlagerte ihr Gewicht auf eine Hüfte und posierte vor ihm. Sie trug ein enges, grellgrünes Kleid; es war so kurz, daß man ihre dünnen Knie sah.

Wir hatten unsere Einkäufe bereits erledigt und waren eigentlich abfahrtbereit. Doch mein Vater lehnte sich aus dem Wagenfenster und sprach ruhig und freundlich mit Mrs. Slatter. Sie saß still im Auto, ohne einen Blick auf ihren Mann zu werfen, und unterhielt sich mit meinem Vater und meiner Mutter. Sie redeten miteinander, bis Mr. Slatter sich von Mrs. Pritt verabschiedete, sich ans Steuer setzte und den Motor anließ.

Ich mochte Mrs. Pritt nicht und wußte, daß meine Eltern sie ebenfalls nicht mochten. Sie war eine dünne, drahtige, große Frau mit schwarzen, kurzen, wuscheligen Haaren. Sie hatte ein hartes, durchtriebenes Gesicht und ein plötzliches Lachen, das wie das Gackern eines Huhns klang, das man am Bein packt. Sie sprach immer sehr laut und lachte viel.

Es genügte, Mr. Slatter neben ihr zu sehen, um zu wissen, daß sie zueinander paßten. Sie war nicht sanft und freundlich wie Mrs. Slatter, sondern auf ihre Weise ebenso hart wie Mr. Slatter. Und ich wußte schon lange, ehe ich es zum ersten Mal, hörte, daß sie, wie meine Mutter pikiert sagte, sich mochten. In der Hoffnung, sie würde mir die Wahrheit sagen, fragte ich sie:

»Warum geht Mr. Slatter immer zu den Pritts, wenn Mr. Pritt nicht zu Hause ist?«

Aber sie antwortete nur: »Ich vermute, Mr. Slatter mag sie.«

In unserem Distrikt lebten im Umkreis von mehr als hundert Quadratmeilen etwa dreißig bis vierzig Familien auf ihren Farmen, und hier blieb nichts geheim. Damals, vor dem Laden muß ich zehn oder elf gewesen sein. Aber ich hörte nicht zum ersten und nicht zum letzten Mal, den Kommentar meiner Eltern.

Mein Vater: »Ich möchte behaupten, das könnte es für Molly einfacher machen.«

Meine Mutter: »Glaubst du?«

»Aber wenn er schon eine Affäre haben muß, sollte er es uns nicht unter die Nase reiben, Molly zuliebe wenigstens.«

Und sie: »Muß er eine Affäre haben?«

Es fiel ihr schwer, das Wort ›Affäre‹ auszusprechen. Es gehörte nicht in ihren Wortschatz – auch nicht in den meines Vaters, und deshalb protestierte sie. Sie waren beide konventionell und religiös. Doch in Momenten der Krise, bei Skandalen und Anstößigkeiten sprach mein Vater diese andere Sprache kühl und distanziert, als sei er damit aufgewachsen.

»Ein Mann wie Slatter«, sagte er nachdenklich, als unterhalte er sich mit einem anderen Mann, »das ist doch eindeutig... und Emmy Pritt, das ist eindeutig... eindeutig! Aber alles hängt davon ab, wie Molly damit fertig wird. Denn wenn sie nicht damit fertig wird, kann es die Hölle für sie bedeuten.«

»Damit fertigwerden?« wiederholte meine Mutter mit funkelnden, protestierenden Augen, und mein Vater schwieg.

In den Ferien besuchte ich Mrs. Slatter manchmal. Ich ging zu Fuß oder fuhr mit dem Fahrrad querfeldein auf den Eingeborenenpfaden und hatte ein paar Kleider in einem Köfferchen dabei.

Da die Söhne der Slatters sich ständig gegen ihren Vater behaupten mußten, waren sie rauhe und verschlossene Jungen und traten auf der Farm immer gemeinsam auf. Sie verrichteten die Arbeit von Männern, fuhren Traktoren und beaufsichtigten die Kolonnen der Farmarbeiter, selbst, als sie noch Kinder waren. Ich blieb bei Mrs. Slatter. Sie kochte viel, nähte und arbeitete im Garten. Die meiste Zeit saß sie auf der Veranda und nähte. Wir redeten nicht viel miteinander. Sie schneiderte ihre Kleider selbst aus bedruckten Baumwollstoffen und pastellfarbigem Leinen, wie alle Frauen in unserer Gegend sie trugen. Für Mr. Slatter und ihre Söhne nähte sie Khakihemden für die Farmarbeit. Einmal hatte sie sich einen Unterrock gemacht, der zu klein war. Mr. Slatter kam dazu, als sie sich vor dem Spiegel damit abmühte, und fragte: »Was glaubst du denn, was du für eine Größe brauchst, du Primel?« In diesem Ton sagte er auch, wenn wir uns an den Tisch setzten: »Was hast du denn heute mit deinen lilienweißen Händen getan, Gänseblümchen?« Sie erwiderte freundlich, als habe er wirklich eine Frage gestellt: »Ich habe einen Kuchen gebacken«; oder: »Ich habe beim Metzger heute gepökeltes Fleisch frisch aus dem Faß bekommen.« Im Zusammenhang mit dem Unterrock sagte sie: »Ja, ich muß doch mehr zugenommen haben, als ich glaubte.«

Als ich etwa zwölf war, fiel mir auf, daß die Jungen Stellung gegen ihre Mutter bezogen hatten. Sie waren nicht frech, aber sie redeten mit ihr, wie ihr Vater es tat, und nannten sie »du Primel« oder »die Dicke vom Jahrmarkt«. Es klang merkwürdig, denn es war, als hätten sie »Mom« oder »Mutter« gesagt. Ich erlebte nicht ein einziges Mal, daß Mrs. Slatter die Geduld verlor, und ich begriff, daß sie bei sich beschlossen hatte, die Kinder aus den Unstimmigkeiten mit Mr. Slatter herauszuhalten. Ich wußte, sie freute sich, mich in dieser Zeit bei sich zu haben, denn die fünf Männer kamen nur zu den Mahlzeiten ins Haus.

Am Abend eines längeren Besuchs verschwanden die Jungen nach dem Essen wie üblich in ihren Zimmern, um zu spielen, und Mr. Slatter sagte zu seiner Frau: »Ich gehe. Morgen zum Frühstück bin ich wieder da.« Damit verschwand er in der Dunkelheit und Nässe draußen. An diesem Abend regnete es heftig. Der Regen rann in Strömen über die Fensterscheiben, die unter dem böigen Wind vibrierten. Mrs. Slatter sah mich an und sagte – damit kam zum erstenmal zur Sprache, wie oft er nach dem Abendessen davonfuhr, um erst bei Sonnenaufgang, manchmal auch erst nach zwei oder drei Tagen zurückzukehren –: »Du darfst nicht vergessen, es gibt Männer, und zu ihnen gehört auch Mr. Slatter, die soviel Kraft haben, daß sie nicht wissen, was sie damit sollen. Weiß du, wie er angefangen hat? Als ich ihn kennenlernte und er um mich warb, arbeitete er als Metzgerbursche. Und jetzt ist er ebensoviel wert wie jeder andere Mann im Distrikt.«

»Ja«, erwiderte ich und begriff plötzlich, daß sie sehr stolz auf ihn war.

Sie wartete darauf, daß ich weitersprechen würde, und erklärte dann: »Ja, wenn wir jung sind, haben wir alle möglichen Vorstellungen. Aber Mr. Slatter ist ein Mann, der nicht weiß, wie stark er ist. Es gibt Dinge, die er nicht versteht, und damit hängt alles zusammen. Er begreift nicht, daß andere weniger stark sind als er.«

Wir saßen im großen Wohnzimmer. Es hatte einen Steinboden, auf dem Teppiche und Felle lagen. Wir hörten einen Schritt und blickten auf. Da stand Mr. Slatter, und man sah seine Zähne. Er trug die hohen schwarzen Stiefel, die jetzt vor Nässe glänzten, und das schwarze Ölzeug, auf dem Regentropfen glitzerten. »Der Vorarbeiter sagt, der Fluß ist gestiegen; ich komme heute abend nicht hinüber.« Er zog das Ölzeug aus, und das Wasser tropfte auf Mrs. Slatters glänzenden Steinboden, er zerrte die Stiefel von den Füßen, ging hinaus, um das Ölzeug neben der Tür aufzuhängen, stellte die Stiefel darunter und kam zurück.

Zwischen der Farm der Slatters und der zwölf Meilen entfernten Farm der Pritts flossen zwei Flüsse. Wenn es heftig regnete, konnten sie stundenlang unpassierbar sein.

»Ich weiß also nicht, wie stark ich bin?« fragte er sie unvermittelt mit leiser Stimme. Es klang erschreckender als alles, was ich je von ihm gehört hatte. Wie üblich grinste er und entblößte dabei die Zähne, und die großen Fäuste hingen locker herab.

»Nein«, erwiderte sie ruhig, »ich glaube, du weißt es nicht.« Sie hob nicht die Augen, sondern blieb ruhig in der Sofaecke unter der Lampe sitzen. »Wir sind nicht allein«, fügte sie mit einem warnenden Blick rasch hinzu.

Er drehte den Kopf nach mir um, und ich beeilte mich, zur Tür zu kommen. Ich hörte sie sagen: »Bitte, es tut mir leid mit dem Fluß. Aber laß mich bitte in Ruhe.«

»So, es tut dir also leid mit dem Fluß.«

»Ja.«

»Und ich weiß nicht, wie stark ich bin?«

Ich schloß die Tür. Aber diese Tür wurde nie geschlossen, und deshalb ging sie wieder auf. Ich lief durch den Flur und hörte ihn sagen: »Deshalb schließt du also deine Schlafzimmertür ab, Lady Godiva.«

Und sie schrie ihn an: »Ach, laß mich in Ruhe! Es ist mir gleichgültig, was du tust. Mir liegt nichts mehr daran. Aber du wirst mich nicht benutzen. *Ich werde nicht zulassen, daß du mich benutzt.*«

Es war ein großes Haus mit vielen Zimmern. Die Söhne hatten zwei Zimmer und ein Spielzimmer am Ende eines langen Flurs mit Steinfußboden. Milchkammern, Vorratsräume und Küche gingen von hier ab, außerdem ein Eßzimmer, Büroräume, ein Arbeitszimmer und das Wohnzimmer. Ein anderer Flur führte im rechten Winkel zu dem Zimmer, in dem ich schlief. Daneben befand sich Mrs. Slatters großes Schlafzimmer mit dem Doppelbett und dahinter ein Zimmer, das sie als Arbeitsraum bezeichneten. Es war ein ganz normales Zimmer mit Mr. Slatters persönlichen Dingen und einem Bett.

Mir war bislang nicht in den Sinn gekommen, daß sie kein gemeinsames Schlafzimmer hatten. Ich kannte im ganzen Distrikt kein Ehepaar, das getrennt schlief, und deshalb hatte ich nicht daran gedacht, Mr. Slatter könnte in dem kleinen Zimmer schlafen.

Ich hatte meine Zimmertür kaum geschlossen, als ich sie draußen auf dem Flur hörte und dann Stimmen im Nebenzimmer. Ihre Stimme klang flehend, seine laut, und er lachte viel.

Beim Frühstück am nächsten Morgen sah ich Mrs. Slatter an, aber sie achtete nicht auf uns Kinder. Sie war blaß. Sie kümmerte sich um Mr. Slatters Frühstück. Er aß stets drei oder vier Spiegeleier mit viel Schinken und hinterher eine Scheibe Toast nach der anderen. Dazu trank er ein halbes Dutzend Tassen Tee, schwarz wie er aus der Kanne kam. Sie nahm sich einen Toast, goß sich eine Tasse Tee ein und sah ihm beim Essen zu. Als er aufstand, um hinaus zur Arbeit zu gehen, gab er ihr einen Kuß, und sie errötete.

Als wir nach dem Frühstück allein auf der Veranda saßen und nähten, entschuldigte sie sich mit geröteten

Wangen: »Ich hoffe, du denkst nichts Falsches wegen gestern abend. Eheleute streiten sich oft. Das hat nichts zu bedeuten.«

Meine Eltern stritten nicht. Zumindest hatte ich es nie als Streit empfunden. Doch nach Mrs. Slatters Worten versuchte ich, mich an Situationen zu erinnern, in denen sie unterschiedlicher Meinung gewesen waren, mit erhobener Stimme gesprochen hatten und später vielleicht lachten und sich küßten. Ja, dachte ich, es stimmt, Eheleute streiten sich. Doch das bedeutet nicht, daß sie nicht glücklich sind.

An diesem Abend sagte Mr. Slatter nach dem Abendessen, als die Jungen bereits auf ihre Zimmer gegangen waren: »Das Wasser ist gefallen. Ich gehe.«

Mrs. Slatter saß ruhig unter der Lampe, hob nicht den Kopf und sagte auch nichts. Er starrte sie an, und sie erklärte: »Nun gut, du weißt, was das bedeutet.«

Er drehte sich wortlos um und ging hinaus. Wir hörten den Motor des Lastwagens anspringen; die Scheinwerfer trafen einen Moment lang die Fensterscheiben, die grell und golden aufblinkten und wieder schwarz wurden.

Mrs. Slatter sagte nichts, und mein Gefühl, daß etwas Schreckliches geschehen sei, verflog allmählich. Dann begann sie von ihrer Kindheit in London zu erzählen. Ehe sie Mr. Slatter kennenlernte, war sie Verkäuferin gewesen. Sie sprach oft von ihrer Familie und der Straße, in der sie gelebt hatte, und ich überlegte, ob sie Heimweh habe. Doch sie ging nie nach London zurück, also litt sie vielleicht nicht an Heimweh.

Bald darauf wurde Emmy Pritt krank. Sie gehörte nicht zu den Frauen, die man sich krank vorstellen konnte. Sie hatte irgendeine Operation, und alle sagten, sie müsse einmal Ferien machen, sie müsse einmal aus der Höhe hinunter. Wir lebten in einem hochgelegenen Teil von Zentralafrika, in mehr als tausend Meter Höhe, und wir wußten alle, wenn jemand am Ende seiner Kräfte war, mußte er sich am Meer von der Höhenluft erholen. Mrs. Pritt fuhr hinunter ans Kap, und bald folgten ihr Mr. und Mrs. Slatter mit den vier Kindern. Alle machten im selben Hotel Ferien.

Als sie zurückkamen, brachten die Slatters einen Assistenten mit. Mr. Slatter erklärte, die Arbeit auf der Farm werde ihm zuviel. Ich hörte meinen Vater sagen, Slatter treibe die Sache etwas zu weit. Er verbrachte jedes Wochenende von Freitagabend bis Montagmorgen bei den Pritts, und beinahe jede Nacht vom Abendessen bis zum Morgen. Mein Vater sagte, Slatter sei vielleicht stark wie eine ganze Herde Stiere, aber kein Mensch könne das auf die Dauer aushalten. Und überhaupt solle man ein Gefühl für das rechte Maß behalten. Von Mr. Pritt war nie die Rede, obwohl es Jahre dauerte, ehe ich mir Gedanken darüber machte, was das zu bedeuten hatte. Wir sahen ihn im Dorf oder bei Sportveranstaltungen. Er war ein durchschnittlicher Mann; er war kein Farmer, wie wir sie kannten – Männer, die alles tun konnten. Er hätte alles mögliche sein können, sogar Büroangestellter. Er war weder groß noch klein, schmächtig, mit einer hohen, knochigen Stirn und blassen Haaren. Er war auch Buchhalter. Die Leute pflegten zu sagen, Charlie Slatter helfe Emmy Pritt die Farm zu führen; Mr. Pritt verbrachte nämlich die meiste Zeit auf den Farmen in der Nachbarschaft, um den Farmern die Bücher in Ordnung zu halten.

Der neue Assistent hieß Mr. Andrews. Mrs. Slatter erzählte meiner Mutter, als sie zum Tee herüberkam, er sei ein Gentleman und habe in Cambridge in England studiert. Allerdings kam er aus einer keineswegs reichen Familie und besaß nur ein paar hundert Pfund eigenes Kapital. Er wollte zwei Jahre bei ihnen als Assistent arbeiten und dann selbst eine Farm übernehmen.

Eine Zeitlang besuchte ich Mrs. Slatter nicht mehr. Ein- oder zweimal erkundigte ich mich bei meiner Mutter, ob sie mich vielleicht wieder eingeladen habe. Meine Mutter antwortete trocken, um mich zu entmutigen: »Nein, sie hat nichts gesagt.« Ich begriff alles, als ich meinen Vater sagen hörte: »Nun, vielleicht ist es gar nicht so schlecht. Immerhin ist er ein netter Bursche, und möglicherweise bringt es Slatter dazu, die Sache mit anderen Augen zu sehen.« Bei einer anderen Gelegenheit erklärte er: »Vielleicht wird Slatter in eine Scheidung einwilligen. Immerhin lebt er praktisch bei den Pritts. Dann könnte Molly endlich selbst ein richtiges Leben führen.«

»Aber er ist noch nicht einmal fünfundzwanzig«, erwiderte meine Mutter. Sie war zutiefst schockiert, wie man dem eigensinnigen, leisen Ton entnehmen konnte, den sie benutzte, wenn sie das Gefühl hatte, mein Vater irre sich oder führe lose Reden. Als liege darin eine Art Drohung, fragte sie: »Und was ist mit den Kindern? Vier Kinder!«

Mein Vater schwieg. Aber nach ein paar Minuten stillen Nachdenkens sagte er: »Ich hoffe, Molly bleibt vernünftig. Ich hoffe, sie ist vernünftig. Denn sie könnte sich das Leben zur Hölle machen, wenn sie es nicht ist.«

Ich sah George Andrews bei einem Sportfest. Er stand mit Mrs. Slatter unten vor der Tribüne. Obwohl er Engländer war, wirkte er bereits braungebrannt, und er trug weite und bequeme Sachen wie alle unsere Männer. In dieser Hinsicht gab es also nichts an ihm auszusetzen. Er war eher klein, nicht dick, aber stämmig; man konnte sehen, er würde einmal dick werden.

Er sah vor allem sehr gesund aus mit seinem offenen, rötlichen Gesicht, über das die Sonne einen braunen Schimmer gelegt hatte, mit seinen sehr klaren, blauen Augen und den dichten, kurzen Haaren, die wie Fell glänzten. Ich wollte, daß er mir gefiel, und deshalb gefiel er mir auch. Ich sah, wie er sich neben Mrs. Slatter an das Geländer lehnte, ihren Staubmantel über seinem Arm hängen hatte und ihr das Programm hielt, damit sie etwas ankreuzen konnte. Ich verstand, daß ihr ein Gentleman gefiel, der ihr die Tür aufhielt und sich erhob, wenn sie hinter Mr. Slatter ins Zimmer kam. Ich sah, wie stolz sie darauf war, mit ihm zusammenzusein. Und ich mochte ihn, obwohl mir sein Mund nicht gefiel. Er hatte feuchte, rosa Lippen. Ich vermied es lange Zeit, ihm auf den Mund zu sehen. Und weil ich ihn mochte, ärgerte ich mich über meinen Vater, als er nach der Veranstaltung sagte: »Na ja, ich weiß nicht. Irgendwie gefällt mir das Ganze doch nicht. Cambridge hin, Cambridge her, er ist noch ein grünes Bürschchen.«

Sechs Monate nach George Andrews Ankunft im Distrikt veranstalteten die Slatters einen Tanz für die jungen Leute. Es war der erste Ball. Die beiden älteren Söhne waren achtzehn und siebzehn, und sie hatten Freundinnen. Die beiden jüngeren, der Fünfzehnjährige und der Dreizehnjährige, verachteten Mädchen. Ich war damals fünfzehn und fand die Söhne der Slatters zu jung für mich. Die Freundinnen der beiden älteren waren beinahe zwanzig. Wir waren etwa sechzehn, und wie üblich gab es etwa dreißig bis vierzig Verheiratete. Die Ehepaare saßen und tanzten im Wohnzimmer und wir auf den Veranden. Mr. Slatter tanzte mit Emmy Pritt und manchmal auch mit anderen Frauen; Mrs. Slatter hatte als Gastgeberin viel zu tun und tanzte mit George Andrews. Ich trug immer noch ein kurzes

Kleid, und das machte mich unglücklich, denn ich hatte mich in einen Assistenten von der Farm zwischen den Flüssen verliebt, und ich wußte sehr wohl, er würde mich erst in einem langen Kleid überhaupt bemerken. Es war schon ziemlich spät, als ich in Mrs. Slatters Schlafzimmer ging, das der einzige leere Raum zu sein schien. Ich blickte aus dem Fenster in die dunkle, nasse Nacht. Es war Regenzeit, und wir waren über den gestiegenen, rauschenden Fluß gefahren, während das Regenwasser gegen die Reifen spritzte und klatschte. Es regnete noch immer, und das Lampenlicht vergoldete den strömenden Regen. Wenn ich den Kopf hin und her wendete, tanzten die schwarzen und goldenen Wasserfäden vor mir, und ich dachte (ich hatte noch nie zuvor so einfach über diese Dinge nachgedacht): »Wie machen sie es nur? Mit den großen Jungen im Haus. Und ich wette, sie gehen jetzt nie vor elf oder halb zwölf schlafen. Außerdem kann Mr. Slatter jederzeit unerwartet von Emmy Pritt zurückkommen – es muß schwierig sein. Ich vermute, er muß warten, bis alle schlafen. Wie schrecklich, sich die ganze Zeit über Gedanken zu machen, ob die Jungen etwas gemerkt haben ... Ich drehte mich um und blickte in das große, behagliche Zimmer mit der niedrigen Decke, dem breiten, niedrigen Bett unter dem Überwurf mit den rosa Rosen und den aufgestellten großen Kissen in den rosa Bezügen mit den Rüschen. Und obwohl ich dieses Zimmer seit vielen Jahren von meinen Besuchen kannte, kam es mir fremd und häßlich vor. Ich liebte Mrs. Slatter. Sie war die netteste Frau im ganzen Distrikt, und sie war immer gut zu mir gewesen. Doch in diesem Moment haßte und verachtete ich sie.

Ich wollte das Zimmer gerade verlassen, blieb aber an der Tür stehen, denn im Flur sah ich Mrs. Slatter an die Wand gelehnt. George Andrews umarmte sie und hatte sein Gesicht in ihrem Nacken vergraben. Sie sagte: »Bitte nicht, George, bitte nicht. Bitte! Die Jungen könnten es sehen.« Er bedeckte ihren Nacken mit Küssen und sagte nichts. Sie wendete Gesicht und Hals ab und schob ihn von sich. Er taumelte, als habe sie ihm einen festen Stoß versetzt, doch er war nur betrunken, und es fiel ihm schwer, das Gleichgewicht nicht zu verlieren. Er drängte: »Komm, wir gehen eine Minute in dein Schlafzimmer. Niemand wird etwas merken.«

Sie sagte: »*Nein*, George. Warum sollen wir uns beim Tanzen fünf Minuten davonstehlen wie...«

»Wie...?« fragte er grinsend. Im Licht, das aus dem großen Zimmer in den Flur fiel, sah ich seine rosa Lippen glänzen.

Sie sah ihn vorwurfsvoll an, und er sagte: »Molly, das wird alles ein bißchen viel, weißt du. Ich muß den Wecker auf ein Uhr morgens stellen, und um diese Zeit bin ich todmüde. Ich schleppe mich zu dir, und du mußt deinen Wecker auf vier Uhr stellen. Und nach der Arbeit für deinen Mann bleibt einem auch nicht so viel Enthusiasmus, um die ganze Nacht im Bett herumzuturnen.« Er wollte in das große Wohnzimmer zurückgehen, wo die Leute tanzten. Sie lief ihm nach und hielt ihn am Arm fest. Ich wich zurück bis zu Mr. Slatters Zimmer, aber im nächsten Moment hatte sie ihn bereits an sich gezogen und küßte ihn. Die Leute im Wohnzimmer hätten sie ohne weiteres sehen können.

Mrs. Slatter trug an diesem Abend ein rückenfreies, leuchtendblaues Crêpekleid mit straßbesetzten Trägern und einem Blumenmuster um die Taille. Es hatte einen tiefen V-Ausschnitt, in dem man ihre Brüste unter dem Crêpe lose schwingen sah, obwohl sie sonst immer feste Korsagen trug. Während die beiden den Flur entlangkamen, griff er ihr in den Ausschnitt. Ich sah, wie er die linke Brust herausholte, und sein Mund hing wieder an ihrem Nacken. Verzweiflung stand in ihrem Gesicht, und es überraschte mich nicht. Ich wußte, das alles mußte sie beschämen. Ich verachtete sie, denn die lange, weiße Brust, die in seiner Hand wie weicher Teig wirkte, entsprach überhaupt nicht der Mrs. Slatter, die Männer mit Mr. anredete, selbst wenn sie sich seit zwanzig Jahren kannten, und die wirklich schüchtern war. Mr. Slatter tat nichts lieber, als sie zu verspotten, weil sie errötete, wenn er etwas Unanständiges sagte: »Warum stellst du dich so an?« fragte George Andrews halb betrunken. »Wir können doch die Tür abschließen, oder nicht?«

»Ja, wir können die Tür abschließen«, erwiderte sie lachend.

Ich ging zu den Erwachsenen ins Wohnzimmer zurück, wo auch die Kinder waren, und setzte mich neben meine Mutter. Es dauerte höchstens fünf Minuten, bis Mrs. Slatter durch die eine Tür hereinkam und George Andrews kurz darauf durch eine andere. Sie sah aus wie üblich; man merkte ihr nichts an.

Ich besuchte die Slatters ein paar Monate nicht mehr. Denn ich war im Internat, und außerdem sagten die Leute, Mrs. Slatter sei völlig fertig und müsse für einige Zeit aus der Höhe hinunter. Mein Vater erwähnte die Slatters in dieser Zeit nicht; er hatte sich mit meiner Mutter deshalb gestritten. Ich wußte es, denn jedesmal, wenn der Name Molly Slatter fiel, preßte meine Mutter die Lippen zusammen und wechselte das Thema.

So verging ein Jahr. An Weihnachten gaben die Slatters wieder einen Ball, und ich trug mein erstes langes Kleid. Ich ging hin, und es war mir gleichgültig, ob ich bei den Slatters oder woanders tanzte. Es war mein erster Ball, bei dem ich nicht mehr zu den Kindern zählte. Und deshalb blieb ich auf der Veranda und tanzte beinahe den ganzen Abend, obwohl der Wind manchmal den Regen hereintrieb, denn es regnete wieder; wir befanden uns mitten in der Regenzeit. Am Himmel hingen dunkle, schwere Wolken; der Mond schob sich wie ein Messer durch das Wolkenmeer, nur um wieder darin zu versinken. Dann wurde es auf der Veranda so dunkel, daß man beinahe nichts mehr sah. Einmal ging ich die Stufen hinunter, um mich von Nachbarn zu verabschieden, die früher nach Hause fuhren, weil sie ein Baby hatten. Als ich wieder zurückkam, stand da Mr. Slatter und hatte Mrs. Slatter am Arm gepackt. »Komm her, Lady Godiva«, sagte er, »und gib uns einen Kuß.«

»Ach komm«, sagte sie gutmütig, »komm schon und laß mich in Frieden.«

Er war leicht betrunken, aber nicht sehr. Er verdrehte ihr den Arm. Es sah recht harmlos aus, doch plötzlich stand sie, Hüfte und Beine an ihn gepreßt, mit zurückgebeugtem Oberkörper vor ihm. Er hielt sie fest. Mit schmerzverzerrtem Gesicht stöhnte sie leise: »Du weißt nicht, wie stark du bist!« Aber er lockerte seinen Griff nicht, und sie blieb stehen. Durch den regenschwarzen, stürmischen Himmel drang schwaches Mondlicht. Ich konnte gerade ihre Gesichter erkennen und sah seine entblößten Zähne. »Du und dein verdammter Stolz, Lady Godiva«, sagte er. »Wem glaubst du, damit eins auszuwischen? Wer glaubst du, ist der Verlierer vor deiner verdammten abgeschlossenen Tür?« Sie schwieg und hielt die Augen geschlossen. »Jetzt hast du George auch verbannt. Was ist los? Ist auch *er* nicht gut genug für dich?« Er verdrehte ihren Arm noch mehr; sie rang nach Luft, preßte die Lippen aber wieder zusammen, und er sagte: »So, jetzt bist du also wieder ganz allein in deinem sauberen Bett und erzählst dir im Dunkeln Märchen, Schwester Theresa, unser Stiefmütterchen.«

Er ließ sie so plötzlich los, daß sie taumelte. Er streckte die andere Hand aus und stützte sie, bis sie das Gleichgewicht wiedergefunden hatte. Es erschien mir merkwürdig, daß er sich die Mühe machte, sie vor einem Sturz zu bewahren, und ihr die Hand hinhielt.

Ich ließ sie allein und ging zurück auf die Veranda. Ich tanzte den ganzen Abend mit dem Assistenten von der Farm zwischen den Flüssen. Mit dem langen Kleid hatte ich mich nicht geirrt. In all den Monaten, im Dorf oder bei den Sportfesten hatte er mich keines Blickes gewürdigt. An diesem Abend fiel ich ihm auf, und ich wollte, daß er mich küßte. Aber als er es tat, gab ich ihm eine Ohrfeige. Denn ich wußte, daß er inzwischen betrunken war. Ich hatte nicht daran gedacht, daß er betrunken sein könnte, obwohl es völlig natürlich war, denn alle waren es. Doch sein Kuß entsprach keineswegs meinen Vorstellungen. »Ich bitte um Entschuldigung«, sagte er. Ich ging an ihm vorbei durch den Flur ins Wohnzimmer. Aber dort waren so viele Leute, und mir standen die Tränen in den Augen. Deshalb ging ich weiter zum anderen Flur, und dort standen Mrs. Slatter und George Andrews wie beim letzten Ball, als habe es das ganze Jahr nicht gegeben. In meinem Zustand wollte ich nichts sehen.

»Und warum nicht?« fragte er und biß ihr in den Nacken.

»Oh, George, das ist doch alles schon seit Monaten vorbei. Seit Monaten . . . !«

»Ach, komm schon, Moll. Ich weiß nicht, was ich getan habe. Du hast dir nie die Mühe gemacht, es mir zu erklären.«

»Nein.« Dann schrie sie auf: *»Mein Arm!«*

»Was ist mit deinem Arm?«

»Ich bin gefallen und habe eine Zerrung.«

Er ließ sie los und sagte: »Nun gut. Vielen Dank für

das nette Zwischenspiel. Vielen Dank.« Ich wußte, er wollte sie verletzen, denn ich spürte, wie seine Worte mich verletzten. Er ging allein ins Wohnzimmer zurück, sie folgte ihm, unterhielt sich jedoch mit jemand anderem, und ich ging in ihr Schlafzimmer. Es war leer. Die Lampe stand heruntergedreht auf einem niedrigen Tisch neben dem Bett. Der Himmel hinter den Fenstern war schwarz und naß; weder Mond noch Sterne waren zu sehen.

Dann kam Mrs. Slatter herein, setzte sich auf das Bett und stützte den Kopf in die Hände. Ich rührte mich nicht.

»Oh, mein Gott«, stöhnte sie, »oh, mein Gott, mein Gott!« Ihre Stimme klang fremd. Nichts von der Freundlichkeit lag darin, obwohl sie leise sprach. Aber das tat sie, weil sie nach Luft rang.

»Oh, mein Gott«, sagte sie nach einem langen, langen Schweigen noch einmal. Sie nahm ein Kissen vom Bett, schlang die Arme darum und legte den Kopf darauf. Es war still im Zimmer, obwohl vom Wohnzimmer Singen herüberdrang – es klang wie Geheul, denn die Leute waren betrunken oder fast betrunken, und in den Tönen lag die wilde Melancholie von Menschen, die singen, wenn sie betrunken sind. Es klang schrecklich, wie das Heulen von Tieren.

Mrs. Slatter legte das Kissen ordentlich an seinen Platz zurück, schwankte vorwärts und rückwärts, während sie sagte: »Oh, Gott, laß mich bald alt werden, laß mich alt werden. Ich kann es nicht ertragen, ich kann es nicht länger ertragen!«

Und wieder herrschte Stille. Von draußen drang das Heulen der singenden Leute herein und das Geräusch der tanzenden Füße junger Leute auf dem Zement der Veranda.

»Ich kann so nicht weiterleben«, sagte Mrs. Slatter in

das Dunkel über dem kleinen Lichtkreis der Lampe. Sie krümmte sich, als habe sie Schmerzen; ihre Hände umfaßten die Fußgelenke, als halte sie sich damit zusammen. Sie saß verkrümmt auf dem Bettrand und starrte auf die Wand vor ihr. Das Licht der Lampe traf ihr Gesicht, so daß ich es sehen konnte. Dieses Gesicht kannte ich nicht. Es war aus Stein, aus weißem Stein; nur die schwarzen Augen glühten und flackerten darin. Ihre glänzenden, schwarzen Haare, in denen sich noch kein Grau zeigte, hatten sich gelöst und hingen in Strähnen um das weiße, steinerne Gesicht.

»Ich kann es nicht ertragen«, wiederholte sie. Sie sprach mit einer Stimme, die ich nicht kannte. Sie hätte mit jemandem reden können, und einen Augenblick lang glaubte ich, sie habe mich gesehen und spreche mit mir, erkläre mir ihren Zustand. Dann richtete sie sich langsam aus der gekrümmten Haltung auf und ging wieder zu den anderen hinaus.

Ich nahm die Lampe und hielt sie so dicht wie möglich an den Spiegel, beugte mich vor und betrachtete mein Gesicht. Aber in meinem Gesicht war nichts zu sehen.

Am nächsten Tag erzählte ich meinem Vater, daß ich gehört hatte, wie Mrs. Slatter sagte, sie könne so nicht weiterleben. Er sagte: »Oh, mein Gott, hoffentlich nicht deshalb, weil ich etwas über ihr Kleid gesagt habe.« Ich beruhigte ihn und erklärte, das sei vorher gewesen.

»Ich vermute«, entgegnete er, »wenn sie schon so durcheinander war, haben meine Worte sie noch mehr getroffen.« Und dann: »Die arme Frau, die arme Frau!« Er ging ins Haus, rief meine Mutter, und sie sprachen über die Angelegenheit. Dann griff er zum Telefon, und ich hörte, wie er Mrs. Slatter bat, vorbeizukommen, wenn sie das nächste Mal ins Dorf fuhr. Offensichtlich hatte sie das für diesen Vormittag geplant, denn noch vor dem Mittagessen saß sie auf unserer Veranda und sprach mit meinem Vater. Meine Mutter war nicht zu sehen, obwohl mein Vater sie mit keinem Wort darum gebeten hatte. Ich zog mich gerade so weit zurück, daß ich noch alles hören konnte, was sie sagten.

»Also, Molly«, erklärte mein Vater, »wir sind alte Freunde, und Sie sehen in letzter Zeit furchtbar schlecht aus. Warum erzählen Sie mir nicht, was los ist? Sie wissen doch, Sie können mir alles erzählen.«

Nach längerem Schweigen erwiderte sie: »Mr. Farquar, es gibt Dinge, über die man mit niemandem sprechen kann. Mit niemandem.«

»Ach, Molly«, sagte er, »wenn es etwas gibt, das ich gelernt habe, und ich habe es schon in frühen Jahren gelernt, als ich noch ein junger Mann war und es mir sehr schlecht ging, dann dies: Jeder trägt etwas Schreckliches mit sich herum, Molly. Jeder hat etwas Schreckliches auf dem Herzen, mit dem er leben muß. Wir leben hier alle zusammen, sehen uns die ganze Zeit, und keiner von uns weiß, welche furchtbare Last der andere vielleicht mit sich herumschleppt.«

Und dann sagte sie: »Aber, Mr. Farquar, das glaube ich nicht. Ich kenne Leute, die keinen persönlichen Kummer zu haben scheinen, nichts, was sie unglücklich macht.«

»Woher wissen Sie das, Molly? Woher wissen Sie das?«

»Nehmen Sie Mr. Slatter«, antwortete sie. »Er ist ein Mann, der tut, was er will. Aber er weiß nicht, wie stark er ist. Deshalb scheint er nie zu begreifen, was andere Menschen empfinden.«

»Aber woher wissen Sie das, Molly? Man kann fünfzig Jahre mit einem Menschen zusammenleben und es trotzdem nicht wissen. Vielleicht lastet etwas auf ihm, das ihm das Leben zur Hölle macht, wenn er allein ist. So geht es uns doch allen.«

»Nein, das glaube ich nicht, Mr. Farquar.«

»Molly«, sagte er plötzlich flehend und höchst aufgebracht. »Sie sind zu hart gegen sich selbst, Molly.«

Sie antwortete nicht.

Er sagte: »Hören Sie. Warum gehen Sie nicht für eine Weile weg. Fahren Sie doch hinunter ans Meer. Die Höhe bekommt uns nicht. Sie macht uns alle langsam, aber sicher verrückt. Verlassen Sie das Hochland eine Weile.«

Sie schwieg immer noch, und er senkte die Stimme. Ich konnte mir vorstellen, wie das Gesicht meiner Mutter starr und kalt geworden wäre, wenn sie gehört hätte, was er sagte: »Und genießen Sie das Leben, wenn Sie dort unten sind. Genießen Sie das Leben, und vergessen Sie das alles für eine Weile.«

»Aber Mr. Farquar, ich möchte das Leben nicht genießen.« Sie sprach die Worte »das Leben genießen« aus, als hätten sie nichts mit ihr zu tun.

»Wenn wir auf dieser Welt nicht das haben können, was wir uns wünschen, sollten wir nehmen, was wir bekommen können.«

»Es wäre nicht richtig«, sagte sie schließlich langsam. »Ich weiß, die Leute haben unterschiedliche Vorstellungen, und ich will meine niemandem aufdrängen.«

»Aber *Molly*...«, begann er erregt; zumindest klang es so. Dann schwieg er.

Von meinem Platz aus konnte ich den Binsenstuhl rascheln hören. Sie stand auf. »Ich werde Ihrem Rat folgen«, sagte sie. »Ich fahre ans Meer hinunter und nehme die Kinder mit... das heißt, die beiden jüngeren.«

»Zum Teufel mit den Kindern, wenigstens dieses

eine Mal. Nehmen Sie Ihren Mann mit. Und sorgen Sie dafür, daß Emmy Pritt nicht dabei ist.«

»Mr. Farquar«, sagte sie, »wenn Mr. Slatter Emmy Pritt will, dann kann er sie haben. Er kann entweder die eine oder die andere von uns haben. Aber nicht beide. Wenn ich ihn mit ans Meer hinunternehmen würde, wäre er nach unserer Rückkehr innerhalb von zehn Minuten wieder drüben bei ihr.«

»Ach, Molly, ihr Frauen könnt einem wirklich die Hölle heiß machen. Haben Sie doch einmal Mitleid mit ihm.«

»Mitleid? Mr. Slatter ist ein Mann, der kein Mitleid braucht. Von keinem Menschen. Aber vielen Dank für den guten Rat, Mr. Farquar. Sie sind immer sehr freundlich, Sie und Mrs. Farquar.«

Sie verabschiedete sich von meinem Vater, und als ich zu ihnen trat, gab sie mir einen Kuß und forderte mich auf, sie bald zu besuchen. Dann fuhr sie ins Dorf, um ihre Einkäufe zu erledigen.

Und so lebte Mrs. Slatter weiter. George Andrews kaufte eine eigene Farm und heiratete. Die Hochzeit fand bei den Slatters statt. Später wurde Emmy Pritt wieder krank. Sie mußte noch einmal operiert werden und starb. Sie hatte Krebs. Mr. Slatter wurde zum ersten Male in seinem Leben krank vor Kummer. Mrs. Slatter fuhr mit ihm ans Meer. Die Kinder ließen sie zurück, sie waren inzwischen erwachsen, denn das geschah alles Jahre später, und Mrs. Slatters Haare waren grau geworden. Sie war dick und alt, wie sie es sich damals gewünscht hatte, als ich zuhörte.

Zwei Hunde

Es war schwieriger, einen neuen Hund zu beschaffen, als wir angenommen hatten; die Gründe dafür wurzelten tief im Wesen unserer Familie. Denn eigentlich hätte nichts einfacher sein sollen, als einen Welpen zu finden, nachdem entschieden war: »Jock braucht einen Gefährten, sonst treibt er sich die ganze Zeit bei den dreckigen Kaffernhunden in der Siedlung herum!« Auf allen Farmen in der Gegend gab es Hunde und Welpen, wie man sie sich nicht besser hätte wünschen können. In den Eingeborenensiedlungen der Farmen lebten jämmerliche Kreaturen, die man kaum fütterte, damit sie gute Jäger für ihre fleischhungrigen Besitzer waren. Doch oft genug wurden Welpen der klapperdürren Hündinnen aus der Welt der Lehmhütten in den Häusern der Weißen aufgezogen und entwickelten sich zu schönen Tieren. Jacob, unser Maurer, hörte, daß wir noch einen Hund suchten, und kam mit einem munteren Kerlchen, das er an einem Strick hinter sich her zog. Aber wir lehnten taktvoll ab. Das magere, flohgeplagte Hündchen ist für Jock nicht gut genug, sagte meine Mutter; obwohl wir Kinder es nur allzu gern aufgenommen hätten.

Auch Jock war ein Bastard, eine Mischung aus Schäferhund, Rhodesian Ridgeback und einer anderen Rasse – Terrier? –, der er die zu kleinen und frechen Ohren über dem langen melancholischen Gesicht verdankte. Kurz gesagt, mit seinem Aussehen konnte man keinen Staat machen: Seine Qualitäten lagen allesamt innen oder wurden ihm von meiner Mutter zugeschrieben, die dieses Tier in ihr Herz schloß, als mein Bruder ins Internat ging.

Theoretisch war Jock der Hund meines Bruders. Doch warum einem Jungen gerade dann einen Hund schenken, wenn er die Farm verläßt, um auf die Schule zu gehen, und acht Monate im Jahr nicht zu Hause ist? In Wirklichkeit ersetzte der Hund meinen Bruder; und meine arme Mutter (ihre Kinder waren nie zu Hause, denn wir waren Farmer, und den Kindern von Farmern blieb keine andere Wahl, als die Schulen in den Städten zu besuchen), meine arme Mutter streichelte Jocks zu kleine, intelligente Ohren und wiederholte wieder und wieder: »Lieber Jock! Lieber, alter Jock! Guter Hund, ja, du bist ein *guter* Hund, Jock. Und bist so ein *guter* Hund...« Mein Vater sagte dann leicht irritiert: »Um Gottes willen, Mädchen, du verdirbst ihn. Er ist kein Haustier und kein Schoßhund. Er ist ein Farmhund.« Meine Mutter sagte nichts, aber auf ihr Gesicht trat der nur allzu vertraute Ausdruck unverstandenen Leidens. Sie beugte den Kopf so tief hinunter, daß die flinke, rote Zunge gerade ihre Wange berührte, und gurrte: »Armer, alter Jock, ja, du bist ein armer, alter Hund. Du bist kein wilder Farmhund. Du bist ein guter Hund. Und du bist nicht stark, nein, nein, du bist sanft und zart.«

Bei diesen letzten Worten protestierte mein Bruder; mein Vater protestierte und ich ebenfalls. Alle hatten wir uns, jeder auf seine Weise, geweigert, »zart« zu sein. Wir waren dem »Zartsein« entronnen und wollten einen gesunden, kräftigen jungen Hund davor bewahren, zum Invaliden gemacht zu werden, wie wir es zu unterschiedlichen Zeiten gewesen waren. Natürlich freuten wir uns alle insgeheim darüber (wir wußten es und fühlten uns deshalb schuldig), daß sich das rührende Bedürfnis meiner Mutter nach etwas Zartem, das sie schützen und pflegen konnte, ungeteilt auf Jock richtete.

Doch etwas an der ganzen Geschichte war ein Vorwurf gegen uns. Wenn meine Mutter sich mit traurigem Gesicht über das Tier beugte und es mit den schönen, weißen Händen streichelte, an deren Fingern die Ringe zu groß geworden waren, und sagte: »Du bist ein guter Hund. Ja, Jock, du bist ein Gentleman...«, dann lag darin etwas, das uns – meinem Vater, meinem Bruder und mir – das Gefühl gab, vor Wut explodieren oder Jock wegholen zu müssen und ihn wie das unbändige junge Tier, das er war, über die Farm toben zu lassen; wir wären am liebsten für immer auf und davon gegangen, um diese schreckliche, unstillbare Sehnsucht in ihrer Stimme nicht mehr hören zu müssen. Denn es war nur unsere Schuld, daß dieser Ton in ihrer Stimme lag. Hätten wir eingewilligt, zart und gut zu sein, oder sogar Gentlemen und Ladies, wäre es nicht nötig gewesen, daß Jock an die Knie meiner Mutter gelehnt saß und ihr den treuen, edlen Kopf in den Schoß legte, während sie ihn liebkoste, sich verzehrte und litt.

Mein Vater beschloß, ein zweiter Hund müsse ins Haus und zwar aus dem einfachen Grund, weil Jock sonst ein »Weichling« werde. (Bei diesem Wort wurde mein Bruder rot und verließ beleidigt das Zimmer, denn es erinnerte an unzählige, frühere Auseinandersetzungen.) Meine Mutter wollte von einem anderen Hund so lange nichts wissen, bis Jock begann, sich in die Siedlung zu schleichen und mit den Kaffernhunden zu spielen. »Oh, du schlimmer Hund, Jock!« sagte sie bekümmert. »Wie kannst du mit diesen abscheulichen, schmutzigen Hunden spielen? Wie kannst du nur, Jock!« Und spielerisch, aber zutiefst zerknirscht, drängte er sich schnappend und leckend an ihr Gesicht, während sie sich mit der ganzen Macht ihres immer und immer wieder enttäuschten Wesens über ihn beugte und klagte: »Wie kannst du nur, wie kannst du das nur tun, Jock?«

Also mußte noch ein junger Hund her. Und da Jock im Grunde seines Herzens (trotz der zeitweiligen Entgleisungen) edelmütig, treu und vor allem von guter Herkunft war, mußte auch sein Spielgefährte diese Eigenschaften besitzen. Welcher Hund auf der ganzen Welt konnte solchen Forderungen je gerecht werden? Meine Mutter lehnte ein Dutzend Welpen ab. Doch Jock verschwand immer noch in die Siedlung, schlich sich ins Haus zurück und blickte ihr seelenvoll in die Augen. Der neue Welpe sollte mein Hund sein. Ich beschloß: Wenn mein Bruder einen Hund besaß, war es nur gerecht, daß ich ebenfalls einen bekam. Aber wenn ich dieses Hündchen nicht mit dem nötigen Nachdruck forderte, lag das daran, daß ich mich nur auf eine abstrakte Gerechtigkeit berief. In Wirklichkeit wollte ich keinen guten, edlen und rassigen Hund. Ich wußte nicht, was ich wollte, aber der Gedanke an einen solchen Hund langweilte mich. Also gab ich mich damit zufrieden, daß meine Mutter Welpen ablehnte, solange sie ihre schrecklichen mütterlichen Gefühle auf Jock und nicht auf mich richtete.

Dann machte die Familie eine der langen Fahrten in einen anderen Teil des Landes. Wir fuhren von Farm zu Farm und blieben eine Nacht, einen Tag oder auch nur zum Essen bei Freunden. Als Abschluß der Reise erwartete uns die Einladung für ein Wochenende. Ein entfernter Vetter meines Vaters, »Ein Norfolker« (mein Vater kam aus Essex) war mit einer Frau verheiratet, die im Krieg (im Ersten Weltkrieg) zusammen mit meiner Mutter als Krankenpflegerin gearbeitet hatte. Die beiden lebten jetzt in einem kleinen, blechgedeckten Backsteinhaus in einer Gegend, in der überall Granitfelsen aus dem dichten Busch ragten. Einen einsameren Platz konnte ich mir nicht vorstellen; die nächste Bahnstation war achtzig Meilen entfernt. »Sie passen nicht zusammen«, sagte mein Vater, denn sie stritten oder mieden sich das ganze Wochenende. Ich dachte jedoch erst viel später an das traurige Los dieser beiden, die allein mitten im Busch von einer kümmerlichen Rente lebten und »nicht zueinander paßten«, denn an diesem Wochenende verliebte ich mich.

Es war dunkel, als wir ankamen, etwa acht Uhr abends, und über einem kahlen Kopje aus Granitfelsen hing schwer und gelb ein beinahe voller Mond. Der niedrige Busch lag schwarz in tiefem Schweigen. Nur die Grillen zirpten ununterbrochen leise und durchdringend. Der Wagen hielt vor einem kastenförmigen Gebäude aus Backsteinen, dessen Blechdach das Mondlicht zurückwarf. Als das Motorengeräusch verstummte, schwoll das Zirpen der Grillen an, einen erfrischenden Atemzug lang traf die Kälte des Mondlichts unsere Gesichter, und wir hörten ein verrücktes, wildes Kläffen. Siehe da, um die Hausecke raste ein kleines, schwarzes, zappelndes Geschöpf, stürzte auf den Wagen zu, änderte im letzten Moment die Richtung, schoß wieder davon, kläffte und heulte in höchsten, wahnwitzigen Tönen, die schwächer wurden, als es hinter dem Haus verschwand, aber nicht abrissen und uns in den Ohren klangen, während wir – zumindest ich – ihnen nachhorchten.

»Kümmert euch nicht um das Kerlchen«, erklärte unser Gastgeber, der Mann aus Norfolk, »es ist schon die ganze Woche lang nachts vom Mond völlig verrückt.«

Wir gingen ins Haus, bekamen etwas zu essen und wurden versorgt. Mich brachte man zu Bett, damit die Erwachsenen ungezwungen miteinander reden konnten. Aber die ganze Zeit verstummte das hohe, verrückte Kläffen nicht. Von meinem winzigen Schlafzimmer aus sah ich einen freien Platz zwischen dem Haus und den Wirtschaftsgebäuden, dessen weißer Sand im Mondlicht glitzerte. Dort tobte verrückt und ausgelassen der kleine Hund herum. Besessen von Lebensfreude oder vom Mondlicht jagte er hierhin und dorthin, immer im Kreis herum, schnappte nach seinem schwarzen Schatten und stolperte über seine tapsigen Pfoten – wie eine trunkene Motte um die Kerze, oder wie... wie nichts, was ich seitdem je gehört oder gesehen hatte.

Der Mond stand groß, fern und sanft über den Bäumen, dem leeren weißen Sand, dem Haus, in dem unglückliche Menschen lebten, und über einem verrückten kleinen Hund, der in trunkener, überschäumender Raserei kläffend seine Runden drehte. Natürlich war das mein Hund. Und als Mr. Barnes aus dem Haus kam und sagte: »Nun, komm schon, du mondsüchtige Kreatur...« und sich schließlich beinahe über das verrückte Hündchen warf, um es auf den Arm zu nehmen, wo es immer noch kläffte, zappelte und sich wand wie ein Fisch, denn er wollte es zur Holzkiste tragen, die seine Hütte war, da sagte ich bereits so ängstlich wie eine Mutter, die zusieht, wie ein Fremder ihr Kind hoch nimmt: vorsichtig, vorsichtig... das ist mein Hund.

Am nächsten Tag ging ich nach dem Frühstück zur Kiste. Auf dem weißen Holz standen Harztropfen, die im heißen Sonnenlicht einen durchdringenden Geruch verströmten. Die Vorderseite war offen; weiches, gelbes Stroh quoll hervor. Auf dem Stroh lag ein schöner schwarzer Hund mit dem Kopf auf den ausgestreckten Vorderpfoten. Daneben räkelte sich ein geflecktes Hündchen auf seinem dicken Rücken. Es streckte die vier Pfoten in alle Himmelsrichtungen, rollte die Augen und war vor Hitze, Sattheit und Trägheit so ekstatisch wie in der Nacht vor Freude an der Bewegung. An den glänzenden, schwarzen Lefzen, die leicht zurückgezogen waren und spitze Milchzähnchen enthüllten, trocknete Maisbrei. Seine Mutter ließ ihn nicht aus den Augen, aber Müdigkeit und Hitze dämpften ihren Stolz.

Ich ging ins Haus, um zu verkünden, daß der kleine Hund in Gedanken bereits mir gehörte. Sie saßen alle am Frühstückstisch. Der Mann aus Norfolk tauschte mit meinem Vater Kindheitserinnerungen aus (sie bezogen sich auf denselben Ort, nicht auf dieselbe Zeit). Seine Frau hatte vom nächtlichen Streit noch immer rotgeweinte Augen und schwätzte mit meiner Mutter über die verschiedenen Krankenhäuser in London, wo sie die Verwundeten eines Krieges gepflegt hatten, der für sie offensichtlich höchst erfreulich gewesen war.

Meine Mutter erklärte sofort: »Oh, nein, mein Schatz, den Hund nicht! Hast du ihn gestern abend nicht erlebt? Wir könnten ihn niemals erziehen.«

Der Mann aus Norfolk sagte, er würde ihn mir mit Freuden schenken.

Mein Vater meinte, gegen den Hund sei nichts einzuwenden. Es komme nur darauf an, daß ein Hund gesund sei. Meine Mutter senkte unglücklich den Kopf und schwieg.

Die Frau des Mannes aus Norfolk sagte, sie könne es nicht ertragen, sich von dem närrischen kleinen Kerl zu trennen. Es gebe, weiß Gott, wenig genug Freude in ihrem Leben.

Situationen, in denen sich Leute in den Haaren liegen, waren mir vertraut, deshalb mußte ich nicht wissen, *warum* sie nicht mit mir übereinstimmten, welche Argumente sie vorbringen oder welche Kritik an meinem Hund sie üben würden. Ich wußte nur, nach einer inneren Gesetzmäßigkeit würde sich alles fügen und der kleine Hund mir gehören. Ich verließ die vier Leute, die ein Hündchen zum Vorwand nahmen, um ihre Meinungsverschiedenheiten auszutragen, und ging hinaus, um das Tier zu bewundern. Inzwischen saß es im Schatten neben der Kiste, die angenehm süß nach Holz duftete. Sein dunkles, geflecktes Fell glänzte; die fürsorgliche Zunge der Mutter hatte dunkle, feuchte Stellen darauf hinterlassen. Seine eigene rosa Zunge ragte absurd zwischen den weißen Zähnchen hervor, als sei es zu nachlässig oder zu faul, sie an ihren richtigen Platz unter den gleichfalls rosa-feuchten Gaumen zurückzuziehen. Seine schönen, braunen Knopfaugen... aber genug, er war ein ganz gewöhnlicher Bastard.

Später ging ich ins Haus, um zu sehen, wie die Schlacht verlief. Offensichtlich hatte meine Mutter meinen Vater überzeugt, denn er sagte, er halte es für klüger, diesen Hund nicht zu nehmen: »Das schlechte Blut setzt sich unweigerlich durch, verstehst du?«

Das »schlechte Blut« stammte vom Vater, und an seiner Geschichte entzündete sich meine vierzehnjährige Phantasie. Die Gegend hier war kaum bevölkertes Buschland. Es gab viele wilde Tiere, sogar Leoparden und Löwen. Deshalb standen die vier Polizisten der Polizeistation vor schwierigeren Aufgaben als ihre Kollegen in der Umgebung der Städte. Sie hatten ein halbes Dutzend großer Hunde gekauft, um (a) mögliche Diebe in der Umgebung der Polizeistation in Angst und Schrecken zu versetzen und (b) sich mit einer Aura gebändigter, animalischer Wildheit zu umgeben. Denn die Hunde waren darauf abgerichtet, Menschen, wenn nötig, zu töten. Einer dieser Hunde, ein großer Ridgeback, war verwildert; er hatte sich in der Polizeistation aus seinem Halsband befreit und streifte jetzt allein durch den Busch. Er jagte kleine Antilopen, Hasen, Vögel und stahl sogar Hühner der Farmer. Dieser Hund, dessen stolze, einsame Gestalt den Farmern seit Jahren vertraut war, wenn er in mondhellen Nächten oder in der grauen Morgen- oder Abenddämmerung auftauchte, der sich von menschlicher Zuneigung und Freundschaft fernhielt, hatte Stella, die Mutter meines Hundes, eine Woche lang zum Jagen und Spielen mit in den Busch genommen. Eines Morgens verschwand sie einfach mit ihm. Die Barnes hatten es gesehen und sie gerufen. Doch sie warf nicht einmal einen Blick zurück. Eine Woche später tauchte sie im Morgengrauen wieder auf und winselte leise vor dem Schlafzimmerfenster, um zu verkünden: Ich bin zurück. Sie erwachten und sahen ihre abenteuerlustige Stella im blassen Mondlicht stehen. Den Kopf hielt sie abgewandt, und ihre Schnauze wies auf einen großen, mächtigen Hund, der ihr mit leichtem Schwanzwedeln etwas zu sagen schien, ehe er im Busch verschwand. Mr. Barnes feuerte erfolglos ein paar Schüsse auf ihn ab. Dann schimpften sie beide mit Stella, die nach entsprechender Zeit sieben Welpen warf, in allen möglichen Kombinationen von Schwarz, Braun und Goldgelb. Stella war selbst nicht reinrassig, obwohl ihre Besitzer sie selbstverständlich dafür hielten oder glaubten, als ihr Hund müsse sie es einfach sein. In der Nacht, in der die Welpen zur Welt kamen, hörten der Mann aus Norfolk und seine Frau einen traurigen Klageruf oder ein Heulen. Sie standen auf und sahen, wie der verwilderte Polizeihund den Kopf in die Holzkiste streckte. Rötlichgoldenes Morgenlicht lag über dem Busch, und den Hund schien eine goldene Aureole zu umgeben. Stella stieß zur Begrüßung, als Protest oder aus Furcht, halb klagende, halb knurrende Laute aus, als die große, mächtige Erscheinung mit der gefährlichen Schnauze ihren sieben hilflosen Welpen bedrohlich nahe kam. Die Barnes schrien ihn an; der Gesetzlose wendete den Kopf dem Fenster zu, wo die beiden Seite an Seite standen, er im gestreiften Pyjama, sie im bestickten rosa Seidennachthemd. Er legte den Kopf zurück und heulte. Er heulte schaurig und wild, so daß sie Gänsehaut bekamen, wie sie erzählten. Aber ich verstand das erst Jahre später, als Bill, mein Hund, verwilderte und ich ihn auf dem Termitenhügel stehen sah, wo er den Schmerz seiner Sehnsucht in eine leere, lauschende Welt hinausheulte.

Der Vater der Welpen tauchte nicht wieder bei Stella auf. Und einen Monat später wurde er auf einer anderen Farm, etwa fünfzig Meilen entfernt, erschossen, als er mit einem dicken, weißen Leghorn im Maul aus dem Hühnerlauf kam. Zu dieser Zeit war nur noch ein Junges am Leben, die anderen hatten sie ertränkt. Sie hatten schlechtes Blut, sagten die Barnes; es gab keinen Grund, sie aufzuziehen, und nur aus Mitleid hatten sie Stella das eine Junge gelassen.

Ich sagte kein Wort, als sie diese warnende Geschichte erzählten, sondern wahrte beharrlich die Ruhe eines Menschen, der weiß, daß er sein Ziel erreicht. Stand das Recht auf meiner Seite? Ja. Schuldete man mir einen Hund? Ja. Sollte ein anderer als ich meinen Hund wählen? Nein, aber... Also gut. Ich hatte gewählt. Ich hatte diesen Hund gewählt. Ich wählte ihn. Zu spät, ich *hatte* ihn gewählt.

Wir blieben drei Tage und drei Nächte bei den Barnes'. Die Tage waren heiß, vergingen langsam und wurden von abgestandenen Gefühlen beherrscht. Die zwei Hunde schliefen in ihrer Holzkiste. Abends saßen die vier Erwachsenen im Wohnzimmer, einem kleinen Raum mit Backsteinwänden, den die Petroleumlampe unerträglich aufheizte. Ihr öliges, gelbes Licht zog Motten und Käfer an, die sie mit einem wirbelnden Heiligenschein kleiner, unaufhörlich tanzender Körper umgaben. Die Erwachsenen redeten; ich lauschte auf das ferne, verrückte Kläffen und schlich dann hinaus in das kalte Mondlicht. In der letzten Nacht unseres Besuchs war der Mond voll; ein großer, vollkommen runder, weißer Ball. Seine Geschichte stand ihm ins Gesicht geschrieben, das nahe genug zu sein schien, um es zu berühren, während es über dem dunklen Busch schwebte, in dem die Grillen zirpten. Und dort, auf dem weißen Sand, kläffte und tanzte das ekstatische Hündchen, während seine Mutter, das schöne, große Tier, in der Nähe saß und es beobachtete. Ihre intelligenten, gelben Augen blickten leicht besorgt, während die Schnauze den ziellosen Bewegungen ihres Kindes folgte – das Kind ihres toten Gefährten aus dem Busch. Ich schlich mich zu Stella, setzte mich auf den noch immer warmen Zementboden neben sie, schlang die Arme um den weichen, pelzigen Hals und legte meinen Kopf an ihren, der sich aufmerksam bewegte. Ich atmete so, daß mein Brustkorb sich gleichmäßig mit dem ihren hob und senkte, um der Wärme ihres kräftigen, haarigen Körpers näher zu sein. Unsere Augen wanderten von dem großen Mond, der am Himmel hing und auf uns herunterstarrte, zu dem winzigen, schwarzen Knäuel, das in wilden Kreisen um uns herumtobte, manchmal so nahe, daß es beinahe gegen uns rannte, dann wieder so weit weg, daß es gerade noch an den Rändern des Lastwagens vorbeischoß. Wir beobachteten es, und ich spürte, wie die Kälte des Mondlichts tiefer in Stellas Fell drang und sich auf meine eigene, seidige Haut legte, während unsere Rippen sich gemeinsam sanft hoben und senkten. Wir warteten, bis der Mann aus Norfolk aus dem Haus kam, zuerst rief, dann schrie, sich schließlich auf den verrückten kleinen

Hund warf und ihn in die Holzkiste sperrte, wo gelbe Mondstrahlen in den schwarzen, nach Hund riechenden Schatten fielen. »Komm, Stella, Mädchen, du gehst jetzt zu deinem Jungen«, sagte der Mann und beugte sich hinunter, um ihr den Kopf zu tätscheln, während sie gehorsam in der Kiste verschwand. Sie gab dem Kleinen mit ihrer weichen Schnauze einen Schubs. Er war so erschöpft, daß er auf der Stelle umfiel und wie erschossen alle viere von sich streckte. Er zitterte, zappelte, sein Atem ging heftig in kleinen, regelmäßigen Stößen und klang wie Winseln. Ich verließ die beiden, Stella und ihr Junges, um in mein Bett in dem kleinen Backsteinhaus zu gehen, das buchstäblich von häßlichen Gefühlen überquoll. Ich schlief mit dem Gedanken an den umherrasenden kleinen Hund ein, der nun endlich vor Erschöpfung schlief und seine Schnauze an die sich hebenden und senkenden schwarzen Flanken seiner Mutter preßte, während Streifen von gelbem Mondlicht, das durch die duftenden Bretter fiel, über ihn wanderten.

Wir nahmen ihn am nächsten Morgen mit, nachdem wir Stella in ein Zimmer eingeschlossen hatten, damit sie nicht sah, wie wir gingen.

Vor uns lag eine Fahrt von dreihundert Meilen. Und Bill kläffte, hechelte, gähnte, zappelte und wand sich wie verrückt, während er von einem Schoß auf den anderen wanderte. Er rollte die Augen und strampelte mit seinen dicken Pfoten. Ich, meine Mutter und später auch mein Bruder, den wir in der Stadt abholten, da seine Ferien begannen, hatten alle Hände voll mit Bill zu tun. Mein Bruder besann sich beim Anblick des neuen Hundes sofort wieder auf seine Rolle als Jocks Herrchen und tat meinen Hund als minderwertig ab. Meine Mutter, die inzwischen Bill völlig verfallen war, stimmte ihm zu, wies ihn jedoch auf die unwiderstehlichen Falten auf der Stirn des Hündchens hin. Mein Vater forderte gereizt, beide Hunde müßten »richtig erzogen« werden.

Je länger diese alptraumähnliche Reise dauerte, desto mehr sprach meine Mutter von Jock, und zwar so schuldbewußt, als habe sie ihn verraten. »Armer kleiner Jock, was wird er nur dazu sagen?«

Jock war wirklich ein schöner junger Hund, mehr Schäferhund als alles andere. Er war mittelgroß, mit dickem, goldfarbenem Fell. Über den Rücken zog sich die Andeutung eines »Kamms«, von vorne gesehen wirkte er mit seinen kleinen, spitzen Ohren eher wie ein Wolf oder ein Fuchs. »Klein« war er jedoch ganz bestimmt nicht. Als er ausgewachsen war, umgab ihn etwas Würdiges, selbst wenn meine Mutter ihn wegen seiner Besuche in der Siedlung ausschimpfte.

Die Begegnung, der wir ängstlich entgegensahen, verlief auf eine Weise, die allen Ehre machte, ganz besonders Jock, der sich auf der Stelle das Herz meiner Mutter zurückeroberte. Wir nahmen Bill aus dem Wagen und trugen ihn zu Jock, der wie üblich edel und zurückhaltend darauf wartete, daß wir ihn begrüßten. Bill rannte sofort kläffend auf dem steinigen Platz vor dem Haus hin und her. Plötzlich entdeckte er Jock, sprang auf ihn zu, blieb ein paar Schritte vor ihm stehen, setzte sich auf sein dickes Hinterteil und bellte aufgeregt. Jock wendete in halb knurrendem, halb grinsendem Protest den Kopf hin und her, wobei er gähnte und in die Luft schnappte. Bill kroch näher und sprang dem älteren Hund an die hochgezogenen Lefzen. Jock rührte sich nicht; er zwang sich, ruhig zu bleiben, weil er wußte, daß wir ihn alle beobachteten. Schließlich hob er die Pfote, stieß Bill damit um, hielt ihn fest und begutachtete ihn. Dann beschnupperte und leckte er ihn. Jock hatte ihn akzeptiert; Bill hatte einen Ersatz für seine Mutter gefunden, die vermutlich um ihn trauerte. Wir konnten den Kleinen (wie meine Mutter ihn von nun an nannte) Jocks grenzenlos geduldiger Obhut überlassen. »Was bist du doch für ein guter Hund«, sagte sie, überwältigt von dieser und anderen rührenden Szenen, die folgten und die alle Jocks außergewöhnliche Geduld mit einem – wie selbst ich zugeben mußte – unerträglichen, frechen Hund bewiesen.

Die Erziehung der Hunde wurde immer dringlicher. Aber das war nicht allzu leicht, und auch dies lag, wie das Beschaffen des zweiten Hundes, am Wesen unserer Familie. Um nur eine Schwierigkeit zu nennen: Hunde müssen von ihren Herrchen erzogen werden; sie müssen einem Menschen gehorchen. Wem sollte Jock gehorchen? Und wem Bill? Theoretisch mir, praktisch jedoch Jock. Sollte ich an Jocks Stelle treten? Allein so etwas auszusprechen, macht die Absurdität deutlich. Ich liebte diesen unmöglichen kleinen Hund. Und warum brauchte ich einen abgerichteten Hund? *Wozu* abgerichtet?

Zum Wachhund? Aber alle unsere Hunde waren Wachhunde. »Eingeborene« – so lautete der Glaubenssatz – hatten von Natur aus Angst vor Hunden. Doch jeder erging sich in Geschichten über Diebe, die bissige Hunde vergifteten oder sich mit ihnen anfreundeten. Also glaubte offensichtlich niemand wirklich daran, daß Wachhunde überhaupt etwas nützten. Trotzdem gab es auf jeder Farm einen Wachhund.

Der Busch reichte bis dicht an unser Haus heran, und als Kind lag ich im Bett und lauschte dem Schrei der Ziegenmelker und der Eulen, dem Quaken der Frösche und dem Zirpen der Grillen. Ich hörte die Trommeln in der Siedlung und das geheimnisvolle Rascheln im Grasdach über mir oder im langen Gras weiter unten am Hügel, aus dem es geschnitten worden war. Ich kannte die tausend Geräusche der Nacht auf dem Veld, und jedes dieser Geräusche wurde auch von den Haushunden registriert, die sie alle verbellten, beschnüffelten, untersuchten und beknurrten. Dazu gehörten auch das Sternenlicht auf einem glänzenden Blatt, der Mond, der über den Bergen aufging, ein knackender Zweig hinter dem Haus und der erste glühend rote Streifen am Horizont – kurz, alles und jedes. Nach meiner Erfahrung schliefen Wachhunde nie. Aber sie waren weniger Wächter gegen Diebe (soweit ich mich erinnern kann, wurde bei uns nie eingebrochen), sondern eher Instrumente, dazu bestimmt, die Geräusche und Bewegungen der afrikanischen Nacht zu messen und zu registrieren, die ein unglaubliches Eigenleben zu besitzen schien, jedoch ein kollektives Leben besaß. Und deshalb waren ein fallender Stein, eine Sternschnuppe unter der Milchstraße, das Grunzen eines Wildschweins, der raschelnde Wind in den Maisfeldern Ereignisse und Aspekte ein und derselben Wahrheit.

Wie richtete man einen Wachhund ab? Vermutlich so, daß er nur auf einen heranschleichenden Menschen reagiert, sei er schwarz oder weiß. Welchen Nutzen sollte ein Wachhund sonst auch haben? Aber selbst heute noch gehört es zu meinen lebendigsten Kindheitserinnerungen, wach im Bett zu liegen und dem klagenden Heulen eines Hundes beim unerklärlichen Auftauchen des runden, gelben Mondes zu lauschen, oder das Bett zu verlassen und verstohlen ans Fenster zu schleichen, um zu sehen, wie ein Hund seine lange, schwarze Schnauze in die große Schüssel mit Sternen steckte. Wir brauchten keinen Mondkalender mit diesen Hunden, die wie Verkehrslärm in London waren: Um schlafen zu können, mußte man lernen, sie nicht zu hören. Und wenn man sie nicht hörte, würde man auch nicht das gefährliche, warnende Knurren hören, das (vermutlich) einem Einbrecher gelten würde.

Anfangs wurden Jock und Bill nachts im Eßzimmer eingesperrt. Aber das führte zu so viel Unruhe, Gekläff und Getobe von einem Fenster zum anderen, wenn sie die aufgehende Sonne oder den Mond entdeckten, oder die schwarzen Schatten, die die Zweige der Bäume im Garten auf die weißgetünchten Wände warfen, daß wir kein Auge schließen konnten und es nicht länger ertrugen. Deshalb wurden sie auf die Veranda verbannt, begleitet von vielen hoffnungsvollen Ermahnungen meiner Mutter, sie sollten »brave Hunde« sein, was bedeutete, sie sollten ihre wahre Natur verleugnen und von Sonnenuntergang bis Sonnenaufgang schlafen. Selbst damals, als Bill noch nicht ausgewachsen war, konnte es vorkommen, daß beide frühmorgens nicht da waren. Dann erschienen sie um die Frühstückszeit schuldbewußt auf der Straße, die zu den Feldern führte. In ihrem Fell hingen Grashalme, und wir wußten, sie waren einer Eule in den Busch nachgejagt oder einem äsenden Wild, und wenn sie sich schließlich weiter entfernt vom Haus als erwartet in einer fremden nächtlichen Welt wiederfanden, begannen sie herumzuschnüffeln, zu erkunden und sich auf ihre Tage der Freiheit vorzubereiten, die bald kommen sollten.

Sie waren also keine Wachhunde. Dann vielleicht Jagdhunde? Mein Bruder unternahm es, sie abzurichten; und wir erlebten eine lange, absurde Zeit von »Sitz, Jock!«, »Bei Fuß, Bill!«, in der sie Zuckerstückchen auf der Nase balancieren und Pfoten ausstrecken mußten, die ein Mensch schütteln sollte, etc. etc. Jock erduldete das tapfer, aber alles an ihm verkündete deutlich, er tue es nur meiner Mutter zuliebe – während mein Bruder ihn drillte, warf er ihr ständig halb stolze, halb entschuldigende Blicke zu. Und nach einer Stunde gab mein Bruder auf, murmelte, es sei zu heiß, und Jock sprang davon, um meiner Mutter den Kopf in den Schoß zu legen. Bei Bill war alles vergeblich. Er blieb mit den Zuckerstückchen auf der Schnauze nicht sitzen, sondern fraß sie sofort auf; er ging nicht brav bei Fuß. Er erinnerte sich nie daran, was er mit seiner Pfote tun sollte, wenn ihm einer von uns die Hand entgegenstreckte. Um die Wahrheit zu sagen, damals, während ich diese Dressurbemühungen beobachtete, begriff ich: Bill war dumm. Natürlich erklärte ich, er verabscheue es, abgerichtet zu werden, denn es sei demütigend, und Jocks Bereitschaft, sich diesen albernen Pflichten zu unterwerfen, sei ein Beweis für seinen Mangel an Geist. Aber leider führte kein Weg daran vorbei, daß Bill einfach nicht sehr intelligent war.

Inzwischen hatte er sich von dem drolligen, dicken Knäuel in einen schlanken, hübschen jungen Hund mit einem dunklen, gefleckten Fell verwandelt; sein großer Kopf erinnerte an einen Neufundländer. Trotzdem wirkte er immer noch wie ein Hundebaby. Denn so wie Jock von Geburt an älter wirkte und von Anfang an würdevolle weiße Haare am Kinn hatte, behielt Bill etwas Junges an sich. Er blieb bis zu seinem Tod ein junger Hund.

Der Unterricht dauerte nicht lange. Mein Bruder erklärte bald, die Hunde sollten nicht in der Theorie, sondern in der Praxis lernen. Damit wollte er meinen Vater besänftigen, der ständig schimpfte, die Hunde seien eine Schande und »das Salz in der Suppe nicht wert«.

So begann ein neuer Abschnitt: Mein Bruder, ich und die beiden Hunde machten uns jeden Morgen auf den Weg. Mein Bruder ging ernst und verantwortungsvoll voran und trug das Gewehr. Ihm auf dem Fuß folgten die beiden Hunde. Hinter dieser ehrwürdigen Formation kam ich, ein Mädchen, das keine nützliche Rolle bei diesem ernsten, männlichen Geschäft spielte, aber notwendig war, um Bewunderung zu zollen. Dies war für mich in der Tat eine vertraute Rolle: ein kleines Mädchen, das verbissen am Rand der Szene mitlief und sich sehnlichst wünschte dazuzugehören, gleichzeitig aber wußte, das würde nie der Fall sein. Vor allem, weil das Herz unter ihren Rippen ihr ganzes Leben lang nicht nur kritisch und kompromißlos schlug, sondern sich so bitterlich danach sehnte, in liebevoller Anerkennung zu schmelzen. Wie sie bereits damals wußte, war das eine unbequeme Verbindung – trotzdem konnte ich das mißmutige Lächeln nicht von meinem Gesicht verbannen. Und es war absurd: vorneweg mein ernster und eifriger Bruder mit Jock, dem braven Hund, auf den Fersen, dann Bill, der ungezogene Hund – zeitweilig hinter ihm, aber noch öfter auf Abwegen im Busch, und dann ich. Ich folgte unwillig, verlagerte das Gewicht von einer Hüfte auf die andere, war gelangweilt und zeigte es.

Ich kannte den Weg nur allzu gut. Ehe wir das düstere Buschdickicht erreichten, wo es die Vögel gab, die wir jagten, mußte man einen langen Weg auf der Rückseite des Kopje durch ein üppiges Papayawäldchen gehen, dann durch Batateranken, in denen sich unsere Füße verfingen und die uns immer wieder stolpern ließen, dann kamen wir an einem Müllplatz vorbei, dessen süßlicher Verwesungsgeruch seinen sichtbaren Ausdruck in einer Wolke schwarzer, glänzender Fliegen fand, und schließlich waren wir im Busch. Hier wuchsen nur kümmerliche, graugrüne Bäume – Meile um Meile kleiner, flacher Msasabäume, die zum zweiten Male ausschlugen, nachdem sie irgendwann alle abgeholzt und in den Brennöfen der Bergwerke verfeuert worden waren. Und über dem niedrigen, häßlichen Busch wölbte sich ein unendlicher, überwältigend blauer Himmel.

Wir waren unterwegs, um Nahrung zu beschaffen. Das sagten wir uns immer wieder vor. Was wir erlegten, wurde im Haus von den Dienstboten oder in der Siedlung gegessen. Doch wir jagten nach einem jüngeren Gesetz als dem Bedürfnis nach Nahrung, und das wußten wir. Deshalb war uns bei diesen Expeditionen nie so ganz wohl, und oft entschlossen wir uns, mit leeren Händen zurückzukommen. Wir jagten, weil mein Bruder ein neues und gutes Gewehr geschenkt bekommen hatte, das (unfehlbar, wenn mein Bruder schoß) große und kleine Vögel aus der Luft holte. Manchmal erlegte er auch kleine Vierfüßler und sehr oft großes Wild wie Kudus und Rappenantilopen. Wir jagten, weil wir ein Gewehr besaßen. Und weil wir ein Gewehr besaßen, mußten wir Jagdhunde haben, das machte die ganze Angelegenheit aus irgendeinem Grund weniger häßlich.

Wir wollten zum *Großen Vlei* nicht zum *Big Vlei*, das fünf Meilen in der anderen Richtung lag. Das *Big Vlei* war verbrannt und kahl; die Wasserlöcher trockneten meist sehr früh aus. Dorthin gingen wir nicht gern. Aber um das schöne *Große Vlei* zu erreichen, mußten wir den häßlichen Busch auf der Rückseite des Kopje durchqueren. Diese rituellen Namen für Teile der Farm schienen eher Namen für Regionen unseres Geistes zu sein. »Zum *Großen Vlei* gehen«, hatte etwas Märchenhaftes an sich, denn man mußte zuerst einen Streifen häßlichen, unfreundlichen und angsteinflößenden Busches durchqueren. Er jagte uns immer Angst ein, und das ohne Grund: Wir glaubten, er sei uns feindlich gesinnt, und durchquerten ihn schnell, im Bewußtsein, uns durch diese Gefahr den Frieden des *Großen Vlei* zu verdienen, in dem Wasser floß. Das Vlei gehörte nur teilweise zu unserer Farm; die Grenze zum Nachbarland verlief unsichtbar mittendurch. Man konnte sie mit dem Auge von jenen Felsen bis zu dem großen Baum, von dort zu diesem Wasserloch und dem Termitenhügel ziehen. Es war ein grünes Flußtal, in dem an beiden Ufern hohe, weitausladende Bäume standen. Das Flußbett selbst war eine halbe Meile breites, intensives Grün, unterbrochen von braunen Wassertümpeln, in denen sich der Himmel spiegelte. Dies war alter Busch; hier hatte man die Bäume nie gefällt. Das *Große Vlei* besaß das unverwechselbare Aussehen von natürlichem Buschland – kein Zweig, kein Busch, kein Dorngestrüpp, kein Felsen hätte an einer anderen Stelle stehen oder eine andere Form haben können.

Hier waren die Wasserlöcher immer voll. Das Wasser war braun und klar; auf dem schlammigen Grund bewegten sich kleine Tiere, während blaue Häher, Kolibris und alle möglichen Arten leuchtend bunter Vögel, deren Namen wir nicht kannten, über die braune, gekräuselte Wasseroberfläche flitzten. An den üppig bewachsenen Rändern schaukelten rosa und weiße Seerosen zwischen ihren dunkelgrünen Blättern, auf denen Wassertropfen funkelten.

In diesem Paradies sollten die Hunde abgerichtet werden.

In den ersten Ferien, sechs langen Wochen, war mein Bruder unermüdlich, und wir machten uns jeden Morgen nach dem Frühstück auf den Weg. Im *Großen Vlei* setzte ich mich unter einen Dornenbaum an den Rand eines Wasserlochs und überließ mich dem Rhythmus der Wellen, die meine schwingenden Füße im Wasser in Bewegung setzten, und meinen Tagträumen, während mein Bruder mit dem Gewehr, verschieden großen Stöcken, Zuckerstückchen und Biltongue bewaffnet, die beiden Hunde ihr Trainingsprogramm absolvieren ließ. Manchmal erwachte ich, vielleicht weil die Sonne, die durch das grüne Spitzenwerk der Dornen fiel, auf meiner Schulter brannte, und sah den drei Geschöpfen zu, die in einiger Entfernung auf einer freien Sandfläche hart arbeiteten. Jock lag meist regungslos mit der Schnauze auf den Vorderpfoten im Sand, und seine wachsamen Augen hingen am Gesicht meines Bruders. Oder er saß wie die Statue eines Hundes, eines goldbraunen Hundes da und war bewundernswert gehorsam. Bill dagegen lag wahrscheinlich auf dem Rücken, streckte alle vier Pfoten in die Luft, drückte sich vom Kopf bis zur Schwanzspitze flach in den Sand und ließ sich von der heißen Sonne das gefleckte Fell wärmen. Durch meine eigenen trägen Gedanken hindurch hörte ich die Stimme meines Bruders: »Brav, Jock. Ja, du bist ein braver Hund. Bill, du Dummkopf. Warum gibst du dir keine Mühe wie Jock!« Und schließlich kam mein Bruder mit rotem, verschwitztem Gesicht zu mir herüber, ließ sich neben mich auf den Boden fallen und erklärte: »Bill ist schuld. Er hat einen schlechten Einfluß. Natürlich sieht Jock nicht ein, warum er arbeiten soll, wenn Bill die ganze Zeit nur spielt.« Nun, vermutlich war es meine Schuld, daß die Erziehungsversuche fehlschlugen. Wenn ich mich dieser Aufgabe des Jungen und der beiden Hunde ernsthaft und mit ungeteilter Aufmerksamkeit gewidmet hätte – und ich wußte sehr wohl, daß das von mir erwartet wurde –, dann wären aus Bill und Jock vielleicht zwei nützliche und gehorsame Tiere geworden, jederzeit bereit zu sterben, bei Fuß zu gehen und zu apportieren ... vielleicht.

In den nächsten Ferien hatte die moralische Zersetzung bereits eingesetzt. Mein Vater klagte, die Hunde gehorchten niemandem mehr. Er verlangte, daß sie ernsthaft und mit Strenge abgerichtet würden. Mein Bruder und ich beobachteten, wie unsere Mutter Jock streichelte und mit Bill schimpfte, und kamen zu einer unausgesprochenen Übereinkunft. Wir wanderten zum *Großen Vlei;* aber dort vertrieben wir uns die Zeit an den Wasserlöchern, während die Hunde taten, was sie wollten, und die Freuden der Freiheit kennenlernten.

Zum Beispiel den Spaß am Wasser. Jock prüfte ein Wasserloch, vorsichtig wie immer, zuerst mit der Pfote, ehe er sich brusttief hineinwagte, die Schnauze dicht über den kleinen Wellen, nach denen er unter leisem, aufgeregtem Gebell schnappte. Dann ging er langsam hinein und schwamm im grünen Schatten der Dornenbäume im braunen Wasser hin und her und im Kreis. Bill hatte inzwischen ein seichtes Loch entdeckt und spielte sein Lieblingsspiel. Er startete etwa zwanzig Meter vom Rand entfernt, stürzte mit schrillem Gebell durch das Gras, dann durch das Wasser, wobei er weniger schwamm als sprang, jagte auf der anderen Seite das Ufer hinauf, beschrieb einen großen Bogen durch das Vlei, kam zurück, und das Spiel begann von neuem, und von neuem, von neuem... Das braune Wasser spritzte hoch in die Luft, fiel klatschend in den Teich zurück, während er triumphierend bellte.

Dies war das eine Spiel. Manchmal jagten sie sich gegenseitig wie Feinde das vier Meilen lange Tal hinauf und hinunter, und wenn einer den anderen zu fassen bekam, kämpften, bellten und knurrten sie, daß es ziemlich echt klang. Manchmal trennten wir sie, und sie duldeten solche Eingriffe. Sobald wir sie losließen, schoß einer von neuem wie eine Rakete davon, der andere folgte wild und stumm, und sie jagten sich vielleicht ein oder zwei Meilen, ehe der eine dem anderen an die Kehle sprang und ihn zu Fall brachte.

Auch dieses Spiel wiederholten sie wieder und wieder. Und als sie verwilderten, wußten wir, wie sie die Wildschweine und Antilopen töteten, von denen sie sich ernährten.

An besonders übermütigen Tagen jagten sie Schmetterlinge, während mein Bruder und ich die Füße im Wasser baumeln ließen und ihnen zusahen. Einmal brachte Jock sehr ernsthaft, wie eine Parodie auf die lächerlichen Erziehungsversuche (Gott sei Dank war es inzwischen damit vorbei) und das »Bring!« und »Bei Fuß!«, einen großen, orange-schwarzen Schmetterling. Die zarten Flügel waren völlig zerquetscht, und der orangefarbene Staub hing an den haarigen Lefzen. Er legte ihn vor uns hin, hielt das noch immer flatternde Geschöpf mit einer Pfote fest, legte sich auf den Boden und wies mit der Schnauze darauf. Er rollte gerissen und heuchlerisch mit den Augen, als wolle er sagen: »Seht, ein Schmetterling. Ich bin ein *braver* Hund.« Die ganze Zeit über jagte Bill bellend herum – ein kleiner, brauner Hund, der hoch in den weiten, blauen Himmel sprang und die schaukelnden, bunten Flügel verfolgte. Jocks Beute hatte er überhaupt nicht zur Kenntnis genommen. Wir dachten beide, eine solche ketzerische Bemerkung sei Bill viel eher als Jock zuzutrauen, und mein Bruder sagte: »Bill hat Jock verdorben. Ich bin sicher, Jock wäre nie so wild, wenn Bill es ihm nicht vormachen würde. Sein Blut schlägt durch.« Doch wir hatten keine wirkliche Vorstellung davon, was »wild« bedeuten konnte. Denn in den nächsten Jahren bedeutete es nur kleine Disziplinlosigkeiten, und meist solche von Bill.

So zum Beispiel einmal, als Bill sich durch ein loses Brett in die Vorratshütte zwängte und dort fraß und fraß – Eier, Kuchen, Brot, Fleisch, ein Perlhuhn, das abhängen sollte, einen halben Schinken. Dann konnte er nicht mehr hinaus. Am Morgen war er kugelrund, rollte sich auf dem Boden und winselte unter den schmerzhaften Folgen seiner Gefräßigkeit. »Oh, Bill. Du bist doch ein dummer Hund. Jock würde so etwas niemals tun. Er ist zu intelligent, um nicht zu wissen, daß er kugelrund wird, wenn er so viel frißt.«

Dann stahl er Hühnereier aus den Nestern, ein Verbrechen, für das Farmhunde erschossen werden. Bill war diesem Schicksal sehr nahe. Man hatte gesehen, wie er sich mit Federn an der Nase und Eigelb an der Schnauze aus dem Hühnerlauf schlich. Und das Stroh der Nester war verklebt von Eiweiß und Eigelb. Die Hühner gackerten und flatterten aufgeregt, sobald Bill sich ihnen näherte. Zuerst verprügelte ihn der Koch, bis sein Geheul über die ganze Farm schallte. Dann präparierte meine Mutter Eier, füllte sie mit Senf und legte sie in die Nester. Bereits am nächsten Morgen ertönte wildes und klägliches Jaulen: Die Schläge hatten ihn nichts gelehrt. Wir gingen hinaus und sahen, wie ein brauner Hund mit hängender Zunge verzweifelt im Kreis rannte und sprang, während die Sonne rot über den schwarzen Bergen aufging – eine großartige Kulisse für eine schändliche Szene. Meine Mutter nahm sich der entzündeten Schnauze an, wusch sie mit warmem Wasser aus und erklärte dabei: »Also, Bill, du lernst es besser, sonst wartet eine Kugel auf dich.«

Er lernte es, aber nicht so leicht. Mehr als einmal standen mein Bruder und ich, wenn wir früh auf die Jagd gehen wollten, in der morgendlichen Stille vor dem Haus, während sich der Himmel hoch und grau über uns wölbte, die Bergspitzen sich gerade röteten und der weite, schweigende Busch noch im Dunkel der Nacht lag. Wir schnupperten die leichte Schärfe des Taus, den schweren, schlaftrunkenen Nachtgeruch des Buschs und spürten die kalte, schwere Luft an unseren

Wangen. Wir pfiffen ganz leise, damit die Hunde von ihrem selbstgewählten Schlafplatz kommen sollten. Bald tauchte Jock gähnend und schweifwedelnd auf. Kein Bill – dann sahen wir ihn. Er saß vor dem Hühnerlauf; die Schnauze lag in einer Drahtmasche, und er hatte die Augen in sehnsüchtigem Verlangen nach dem köstlichen Inhalt frischer Eier geschlossen. Wir preßten die Hände auf den Mund und krümmten uns vor herzlosem Gelächter, das unterdrückt werden mußte, um die Eltern nicht zu stören. Wenn wir jagen gingen und die Hunde mitnahmen, wußten wir, daß entweder Jock oder Bill bellend im Busch verschwinden würden, noch ehe wir eine halbe Meile zurückgelegt hatten. Dann hörte der Zurückgebliebene auf zu schnüffeln und herumzustöbern und raste ebenfalls davon. Das wilde Bellen der beiden entfernte sich mit dem Knakken und Rascheln im Unterholz, und nicht selten flüchteten dann auch geräuschvoll andere Tiere, die entweder geschlafen oder geruht und nur darauf gewartet hatten, daß wir weitergehen würden. Jetzt konnten wir nach etwas Jagdbarem Ausschau halten, was wir vermutlich nie gesehen hätten, wenn die Hunde geblieben wären. Wir konnten uns auf eine lange, geduldige Pirsch einrichten, einen äsenden Kudu oder ein paar Dukker umkreisen. Oft genug lagen wir stundenlang in einem Versteck, um sie zu beobachten, und fürchteten nur, Jock und Bill würden zurückkommen und diesem einzigartigen Vergnügen ein Ende bereiten. Ich erinnerte mich, daß wir einmal einen Dukker am Rand eines Feldes entdeckten, das immer noch halb im Dunkeln lag. Wir gingen vorsichtig zu Boden und schlängelten uns auf dem Bauch durch das hohe Gras, ohne sehen zu können, ob der Dukker noch da war. Langsam tauchte das Feld vor uns auf – eine wogende Masse schwarzer Schollen. Vorsichtig hoben wir den Kopf, und dort, am Ufer des Schollenmeeres, nur ein paar Armlängen entfernt, standen drei kleine Dukker. Ihre Köpfe waren von uns abgewendet, und sie blickten in die gerade aufgehende Sonne. Es waren drei schwarze, bewegungslose Silhouetten. Auf der anderen Seite des Feldes färbten sich große Schollen rötlichgold. Die Erde drehte sich so schnell der Sonne zu, daß das Licht vom Kamm einer Scholle zur nächsten über das Feld sprang, wie Flammen, die vor einem starken Wind über die hohen Grashalme hüpfen. Das Licht erreichte die Dukker, hüllte sie in warmes Gold, und sie wurden zu drei schimmernden, kleinen Tieren am Saum des herannahenden Sonnenlichts. Sie begannen miteinander zu kämpfen. Dabei warfen sie die Hinterbeine wie Tänzer in die Luft und schlugen klickend aus, stießen mit den kleinen, scharfen Hörnern ins Leere und stürmten spielerisch aufeinander los. Die Sonne war da. Drei kleine Antilopen tanzten am Saum des dunkelgrünen Buschs, wo wir verborgen lagen, und das schwache Sonnenlicht wärmte ihr goldenes Fell. Die Sonne löste sich vom Rand der Hügel, stand ruhig, groß und gelb am Himmel. Ein warmes Gelb erfüllte die Welt; die kleinen Antilopen hörten auf zu tanzen. Sie gingen langsam davon, wedelten mit ihren weißen Schwänzen, warfen die hübschen Köpfe in die Luft und verschwanden im Busch.

Wir hätten sie nie gesehen, wenn die Hunde nicht meilenweit entfernt gewesen wären.

Eigentlich konnte man sich nur auf ihre Disziplinlosigkeit verlassen. Wenn wir etwas Eßbares jagen wollten, banden wir die Hunde mit Stricken an, bis wir das leise Klink-klink-klink der Perlhühner hörten, die im Busch scharrten. Dann ließen wir sie los. Die Hunde rasten sofort auf die Vögel zu, die sich schwerfällig in die Luft hoben und wie Schals aussahen, die dicht über dem Gras durch die Luft segelten, während die Hunde nach ihnen schnappten. Die Perlhühner wollten nichts anderes als wieder unbemerkt im hohen Gras landen. Doch sie waren immer gezwungen, sich mit ihren schwachen Flügeln auf die Bäume zu schwingen. Wenn wir einen großen Schwarm aufgestöbert hatten, hingen manchmal in einem Dutzend Bäume die kleinen Silhouetten der Perlhühner wie schwarze Punkte vor dem Morgen- oder Abendhimmel. Sie beobachteten die bellenden Hunde und kümmerten sich nicht um uns. Mein Bruder oder ich – denn unter solchen Umständen konnte selbst ich kaum danebenschießen – stellten uns breitbeinig hin, um das Gleichgewicht zu halten, zielten auf einen Vogel und drückten ab. Das tote Tier fiel in ein zuschnappendes Maul unter dem Baum. Inzwischen war ein zweites Opfer gewählt und geschossen. Wir banden die beiden Perlhühner an den Füßen zusammen, schlenderten durch den nach Sonne duftenden, verzauberten Busch unserer Kindheit zum Haus zurück und schwangen dabei stolz das Gewehr, das seinen Nutzen unter Beweis gestellt hatte. Aus Höflichkeit begleiteten uns die Hunde einen Teil des Weges und verschwanden dann, um selbst zu jagen. Perlhühner waren für sie inzwischen nur noch ein harmloser Sport.

Es kam so weit, daß wir die Hunde einsperren mußten, ehe wir das Haus verließen, ohne uns um ihr Heulen und Winseln zu kümmern, wenn wir wirklich etwas erlegen, wenn wir Tiere beobachten oder auch nur durch Buschland gehen wollten, in dem nicht meilenweit jedes Tier vertrieben worden war. Doch wenn man sie zu früh herausließ, folgten sie uns trotzdem. An einem Morgen waren wir gemächlich bereits etwa sechs Meilen auf die Berge zu gewandert, als die Hunde uns hechelnd und glücklich einholten. Sie leckten uns mit ihren heißen rosa Zungen Knie und Arme, um zu verkünden, wie glücklich sie seien, uns gefunden zu haben. Doch die stürmische, schweifwedelnde Begrüßung dauerte nicht lange, und schon stoben sie davon, um erst am Abend nach Hause zurückzukommen. Wir machten uns Sorgen. Wir hatten nicht geahnt, daß sie sich allein so weit von der Farm entfernten. Wir sprachen darüber, wie schlimm es wäre, wenn sie sich angewöhnen würden, andere Farmen und vielleicht sogar Hühnerställe heimzusuchen. Aber es war zu spät. Sie waren zu alt, um sie noch zu erziehen. Entweder mußte man sie dauernd an den Bäumen vor dem Haus festbinden – und das war für solche Hunde nicht viel besser als tot zu sein –, oder man mußte ihnen die Freiheit geben und sie ihrem Schicksal überlassen.

Nachrichten über die Hunde erreichten uns mit den Briefen von zu Hause, und sie klangen zunehmend schlechter. In unseren jeweiligen Internaten, wo wir Disziplin und Ordnung lernen und einen aufrechten Charakter erwerben sollten, lasen mein Bruder und ich: »Die Hunde verschwanden die ganze Nacht und kamen erst gegen Mittag zurück.« »Jock und Bill waren drei Tage und drei Nächte im Busch. Gerade sind sie völlig erschöpft wieder aufgetaucht.« »Die Hunde müssen diesmal etwas getötet haben und wie wilde Tiere bei der Beute geblieben sein, denn sie kamen vollgefressen nach Hause, tranken nur viel Wasser und schliefen wie kleine Kinder sofort ein ...« »Mr. Daly rief gestern an, um zu berichten, er habe Jock und Bill auf dem Hügel hinter seinem Haus herumstreunen sehen. Sie haben seine Ochsen gejagt. Wenn sie nach Hause kommen, müssen wir sie verprügeln, denn wenn sie keine Vernunft annehmen, werden sie in einer dunklen Nacht erschossen ...«

Als wir in den Ferien nach Hause kamen, waren sie

nicht zu sehen. Sie waren seit beinahe einer Woche verschwunden. Aber sie spürten unsere Ankunft und tauchten wieder auf – redeten wir uns geschmeichelt ein. Sie trabten friedlich Seite an Seite den Hügel herauf – zwei kleine Gestalten, die von ihren schwarzen Schatten begleitet wurden; ihre Augen leuchteten rot auf, als der Strahl der Lampe sie traf. Sie begrüßten meinen Bruder und mich liebevoll, legten sich jedoch sofort hin und schliefen ein. Wir sagten uns, wir seien in ihren Augen Geschöpfe, die wie sie selbst lange, aufregende Jagdausflüge machten. Doch wir wußten sehr wohl, das war sentimentaler Unsinn, der den Schmerz darüber lindern sollte, daß unsere Hunde sich so wenig aus uns machten. Sie verschwanden noch in derselben Nacht, genauer gesagt, im ersten Morgengrauen. Eine Woche später kamen sie zurück. Sie stanken entsetzlich; sie mußten einen Skunk oder eine Falbkatze gejagt haben. In ihrem Fell hingen zahllose Grannen, und auf der Haut saßen klumpenweise Zecken. Sie tranken gierig Wasser, wollten aber nichts fressen; ihr Atem verströmte den Gestank nach Fleisch.

Sie streckten sich auf dem Boden aus und schliefen ein. Sie rührten sich nicht, als mein Bruder und ich uns je ein Tier vornahmen und mit dem schweren schlafenden Kopf im Schoß Zecken, Grannen und Flöhe entfernten. An Bills Vorderpfote entdeckte ich eine verhärtete Wulst, die ich für eine alte, vernarbte Wunde hielt. Er winselte im Schlaf, als ich sie berührte. Es war eine Schlinge aus geflochtenem Gras, mit denen die Afrikaner Vögel fangen. Glücklicherweise war sie gerissen. »Jawohl«, erklärte mein Vater, »so werden sie beide enden. Beide! Sie sterben in einer Falle, und es geschieht ihnen recht. Ich werde kein Mitleid mit ihnen haben!«

Erschrocken sperrten wir sie einen Tag lang ein.

Aber wir konnten ihr Elend nicht ertragen und ließen sie wieder frei.

Wir entschärften immer alle möglichen Fallen. Für die großen Antilopenarten – die Rappenantilope, die Elenantilope, den Kudu – bogen die Afrikaner einen Schößling über einen Pfad, banden ihn mit einer Schnur fest und befestigten daran eine Schlinge aus dickem Zaundraht. Für die kleineren Antilopen stellten sie niedrige Fallen mit Schlingen aus dünnen, gedrehten Drähten oder geflochtenen Fasern. An den Rändern der bebauten Felder oder in der Umgebung von Wasserlöchern, wo Vögel und Hasen Nahrung suchten, fand man immer unzählige, winzige Fährten im Gras. Und oft hing über jeder Spur eine kleine Schlinge aus geflochtenen Grashalmen. Manchmal verbrachten wir ganze Tage damit, solche Fallen unschädlich zu machen.

Um die Hunde bei Laune zu halten, machten wir täglich meilenweite Wanderungen. Wir waren erschöpft; sie jedoch nicht, und nachts verschwanden sie trotzdem. Dann fuhren wir mit den Rädern, so schnell wir konnten, über die holprigen Farmwege, während die Hunde fröhlich neben uns hersprangen. Jock und Bill zuliebe verausgabten wir uns völlig und glaubten, sie wüßten sehr wohl, was wir taten, und spielten uns zuliebe mit. Aber wir gaben nicht auf. Einmal entdeckten wir auf einer Lichtung das Skelett eines großen Tieres in einer Schlinge. Ein Afrikaner hatte vergessen, seine Falle zu kontrollieren. Wir zeigten Jock und Bill das Skelett. Wir sprachen auf sie ein, warnten und drohten, den Tränen nahe, denn die Sprache der Menschen war nicht die Sprache der Hunde. Sie beschnüffelten die Knochen, kläfften uns ein paarmal an – aus Höflichkeit, wie wir dachten – und verschwanden wieder im Busch.

Im Internat hörten wir, daß sie nun beinahe völlig verwildert waren. Manchmal kamen sie noch zum Fressen oder auch, um tagsüber zu schlafen, und »behandelten das Haus«, wie meine Mutter sich beklagte, »wie ein Hotel«.

Dann schlug das Schicksal in Form einer Antilopenfalle zu.

Eines Abends hörten wir sehr spät Gewinsel und gingen hinaus, um die beiden zu begrüßen. Sie kamen beinahe auf ihren Bäuchen zur Haustür gekrochen. Ihre Rippen ragten hervor, das Fell starrte vor Schmutz, und ihre Augen glänzten ungesund. Sie stürzten sich auf das Fressen, das wir ihnen gaben; sie waren völlig ausgehungert. Als Jock sich über die Futterschüssel beugte, fanden wir die Erklärung: ein dicker Draht. Er war nicht massiv, sondern aus einem Dutzend dünner Drähte gedreht und dicht über dem Halsband durchgekaut. Wir untersuchten Bills Maul: Er mußte lange gebraucht haben, vielleicht Tage, um den Draht durchzubeißen. Zahnfleisch und Lefzen waren aufgerissen und bluteten. Die Zähne waren nur noch Stummel wie bei einem alten Hund. Wäre es kein gedrehtes Drahtseil gewesen, hätte Jock in der Falle sterben müssen. Aber er war krank. Seine Lungen waren angegriffen, denn der Draht hatte ihn beinahe stranguliert. Und Bill konnte nicht mehr richtig kauen; es fiel ihm so schwer wie einem alten Menschen. Sie blieben wochenlang zu Hause und waren bekehrt. Nachts bellten sie in der Umgebung des Hauses und fraßen regelmäßig.

Dann verschwanden sie wieder, kamen aber häufiger als früher zurück. Jocks Lungen waren nicht in Ordnung. Keuchend und schnaufend lag er in der Sonne, als versuche er, sie zu schonen. Und Bill konnte nur noch weiches Futter fressen. Wie schlugen sie sich wohl durch, wenn sie unterwegs waren?

Eines Nachmittags entdeckten wir sie einige Meilen vom Haus entfernt, als wir selbst jagten. Zunächst hörten wir ungefähr zwei Meilen vor uns das vertraute, aufgeregte Kläffen, das näherkam. Wir befanden uns in einem großen Vlei mit hohem, weißlichem Gras, das sich vor uns sehr schnell wogend und schwankend in einer beinahe geraden Linie teilte. Ein Umriß zeichnete sich ab – ein Dukker, der wegen seines rötlichbraunen Fells erst aus der Nähe zu erkennen war, denn im Vlei wuchs auch viel von dem rosa fedrigen Gras, das im grellen Licht eine sanfte, intensiv rötliche Färbung annimmt. Die Sonne ging bald unter; die fahlen Halme wirkten wie Drähte aus weißem Licht und waren beinahe unsichtbar. Das rosa Gras flammte und glühte, und das Fell der kleinen Antilope leuchtete rot. Plötzlich schlug sie einen Haken. Hatte sie uns entdeckt? Nein, Jock war der Grund. Er hatte von seinem Versteck im rosa Gras, aus dem er die Antilope beobachtete, einen schnellen, taktischen Ausfall gemacht. Hinter der Antilope kam Bill wie eine Rakete angeschossen.

Jock konnte nicht mehr schnell laufen und hatte den Dukker Bill zugetrieben. Wir beobachteten, wie Bill dem kleinen Tier an die Kehle sprang, es zu Fall brachte und festhielt, bis Jock kam, um es zu töten. Seine eigenen Zähne taugten dazu nicht mehr.

Wir gingen hinüber, um sie zu begrüßen, allerdings zurückhaltend. Denn diese knurrenden, zähnefletschenden Geschöpfe schienen uns nicht zu kennen, als sie die wilden, glasigen Augen von der toten Antilope hoben, die sie zerrissen. Das heißt, die Jock zerriß. Ehe wir gingen, sahen wir, wie Jock dampfende Fleischfetzen Bill zuschob, der sonst hungrig ausgegangen wäre.

Jetzt sind sie wirklich ein Team, dachten wir. Keiner kann ohne den anderen auskommen.

Aber bald kehrte Jock schon nach ein oder zwei

Tagen von diesen Jagdausflügen zurück, während Bill eine Woche oder länger ausblieb. Jock lag dann vor dem Haus, beobachtete den Busch, und wenn Bill zurückkam, leckte er ihm Ohren und Schnauze, als sei er in die Rolle von Bills Mutter zurückgefallen.

Einmal hörte ich Bill bellen und ging hinaus, um nachzusehen. Die Telefonleitung führte durch ein Vlei in der Nähe des Hauses zu einer Farm auf der anderen Seite des Hügels. Die Drähte vibrierten, summten und dröhnten. Bill stand unter der Leitung, die gut fünfzehn Fuß über seinem Kopf verlief, sprang immer wieder hoch und bellte sie an: Er spielte so ausgelassen wie damals, als er noch ein kleiner Hund war. Aber es machte mich traurig, mit anzusehen, wie dieser starke Hund allein spielte, während sein Freund wegen seiner kranken Lunge ruhig in der Sonne lag und schnaufte.

Wovon lebte Bill im Busch? Von Ratten, Vogeleiern, Eidechsen, von allem, was *weich* genug war? Auch der Gedanke an die beiden großen Jäger in ihrer Glanzzeit schmerzte.

Bald kamen Telefonanrufe von den Nachbarn: »Bill tauchte auf und fraß unserem Hund die Schüssel leer...« »Bill wirkte hungrig, und wir haben ihn gefüttert...« »Euer Bill sieht sehr mager aus...« »Bill hat sich an unserem Hühnerstall herumgetrieben. Es tut mir leid, aber wenn er Eier stiehlt, dann...«

Eine reinrassige Hündin, die fünfzehn Meilen entfernt lebte, bekam Junge von Bill. Die Besitzer ärgerten sich, denn Bill war ihnen nicht gut genug. Und außerdem erinnerte man sich an die Sache mit dem schlechten Blut. Die Welpen wurden alle getötet. Bill hielt sich die ganze Zeit in der Nähe des Hauses auf, obwohl man ihn verprügelt und sogar Warnschüsse auf ihn abgefeuert hatte, um ihn zu verscheuchen. Sie fragten, ob wir nichts unternehmen könnten, um Bill zu Hause zu halten, denn sie waren es leid, ihre Hündin anzubinden.

Nein, es gab nichts, was wir tun konnten: vielmehr nichts, was wir tun wollten. Denn wenn Bill aus dem Busch trottete, gierig aus Jocks Napf trank und eine Weile Schnauze an Schnauze neben Jock lag, hätten wir ihn fangen und an die Kette legen können. Aber wir taten es nicht. »Er macht es so und so nicht mehr lange«, erklärte mein Vater. Und meine Mutter sagte zu Jock, er sei ein vernünftiger und intelligenter Hund; sie sang wieder Loblieder auf sein Wesen und seinen Charakter, als habe er nie so viele herrliche Jahre im Busch verbracht.

Ich besuchte die Nachbarn, denen Bills Hündin gehörte. Man hatte sie an einem Pfosten der Veranda festgebunden. Die ganze Nacht über hörten wir ein wildes, klagendes Heulen aus dem Busch, und sie winselte und zerrte an ihrem Seil. Morgens ging ich hinaus in den heißen, schweigenden Busch und rief ihn: »Bill, Bill, ich bin es.« Nichts. Kein Laut. Ich setzte mich auf einen Termitenhügel im Schatten und wartete. Bald tauchte Bill zwischen den Bäumen auf. Er war sehr mager. Er wirkte ausgehungert, steif und vorsichtig – ein alter, gesetzloser Einzelgänger, der Fallen fürchtete. Er sah mich, blieb aber etwa zwanzig Meter entfernt stehen. Dann stieg er auf einen anderen Termitenhügel und setzte sich in halber Höhe in die Sonne. Ich sah die kahlen Stellen im Fell, und wir blickten uns schweigend an. Dann hob er den Kopf und heulte, wie Hunde bei Vollmond heulen – lang, schaurig und einsam. Aber es war früher Morgen. Die Sonne stand ruhig und klar über dem Busch, an dem es nichts Geheimnisvolles gab. Bill hockte da und heulte sich das Herz aus dem Leib. Seine Schnauze wies dorthin, wo man seine Gefährtin festgebunden hatte. Wir hörten ihr schwaches

Winseln und das Klappern der Metallschüssel, wenn sie dagegenstieß. Ich konnte es nicht ertragen. Es ging mir durch Mark und Bein, und ich sah, wie sich die Haare an meinem Unterarm aufrichteten. Ich ging hinüber, setzte mich neben ihn und legte ihm den Arm um den Hals, wie ich damals, vor vielen Jahren, an jenem mondhellen Abend den Arm um seine Mutter gelegt hatte, ehe ich ihr das Junge wegnahm. Er legte mir die Schnauze auf den Arm und winselte. Er schien zu weinen. Dann hob er den Kopf und heulte. »Oh, mein Gott, Bill. Hör auf, bitte hör auf. Es nützt überhaupt nichts, Bill. Bitte, lieber Bill...« Aber er heulte weiter, bis er plötzlich aufsprang, als sei der Schmerz zu groß, um stillzusitzen, und an mir schnüffelte, als wolle er sagen: »Ach ja, du bist es. Also dann, auf Wiedersehen...« Er wendete den wilden Kopf dem Busch zu und trottete davon.

Nicht lange danach wurde er erschossen, als er frühmorgens mit einem Ei im Maul aus einem Hühnerstall kam.

Jock war nun ganz allein. Er verbrachte seine alten Tage liegend in der Sonne. Die Schnauze wies hinaus über die Meilen und Meilen Buschland zwischen unserem Haus und den Bergen, wo er viele Jahre mit Bill gejagt hatte. Nun war er wirklich ein alter Hund mit steifen Beinen und einem struppigen Fell. Er keuchte und röchelte. Wenn der Mond am Himmel stand, ging er nachts manchmal hinaus und heulte ihn an. Dann sagten wir: »Er vermißt Bill.« Er kam zurück, setzte sich neben meine Mutter und legte ihr den Kopf auf die Knie, damit sie ihn streichelte. Sie sagte: »Armer alter Jock. Armer alter Hund, fehlt dir der böse Bill?«

Manchmal fuhr er aus seinem Dösen auf, trottete auf seinen steifen, alten Beinen durch das Haus und die Nebengebäude, schnupperte und winselte aufgeregt.

Dann hob er die Vorderpfote, wie er es als junger Hund getan hatte, und blickte leise winselnd in den Busch. Und wir sagten: »Er muß geträumt haben, mit Bill auf der Jagd zu sein.«

Jock wurde krank. Er konnte kaum noch atmen. Wir trugen ihn den Hügel hinunter in den Busch. Meine Mutter streichelte und tätschelte ihn, während mein Vater den Gewehrlauf an seinen Hinterkopf legte und abdrückte.

Quellenangabe

Bericht über die bedrohte Stadt in *Der Mann, der auf und davon ging. Erzählungen Band 1.* Aus d. Engl. v. Adelheid Dormagen. KLETT-COTTA, Stuttgart 1979, S. 163–205. © 1972 by Doris Lessing.

Zwei Töpfer in *Die Frau auf dem Dach. Erzählungen Band 2.* Aus d. Engl. von Adelheid Dormagen. KLETT-COTTA, Stuttgart 1982, S. 351–369. © 1978 by Doris Lessing.

Die Höhe bekommt uns nicht in *Die schwarze Madonna. Erzählungen Band 3.* Aus d. Engl. von Manfred Ohl und Hans Sartorius. KLETT-COTTA, Stuttgart 1985, S. 159–179. © 1951, 1964 by Doris Lessing.

Zwei Hunde in *Die schwarze Madonna. Erzählungen Band 3.* Aus d. Engl. von Manfred Ohl und Hans Sartorius. KLETT-COTTA, Stuttgart 1985, S. 67–96. © 1951, 1964 by Doris Lessing.

Doris Lessing

»In Doris Lessings Erzählungen geht es fast immer um die Unmöglichkeit einer glücklichmachenden Liebe. Sie beschreibt genau, manchmal voller Sarkasmus und Ironie, meistens jedoch mit großer Nüchternheit, wie aus dem großen Glück allenfalls ein kleines, meistens jedoch nur ein Unglück wird… Zum Beispiel in der Geschichte ›Unsere Freundin Judith‹: da wird eine Frau beschrieben, die versucht, mit allen Konventionen und Erwartungen zu brechen, die ganz bei sich bleibt, ihr eigenes Leben lebt und von sich sagt, sie tauge eher zur Geliebten denn zur Ehefrau. Kühl und nüchtern, ohne begründende Erklärungen, ist von einer die Rede, die ohne die großen Schmerzen auskommt; aber: obwohl dieser Ausblick beruhigend ist, die Bitterkeit über die verlorenen Wünsche bleibt.«

Manuela Reichart

Bei Klett-Cotta lieferbar:

Der Mann, der auf und davon ging
Erzählungen Band 1
433 Seiten, Leinen mit Schutzumschlag
ISBN 3-12-905011-6

Die Frau auf dem Dach
Erzählungen Band 2
561 Seiten, Leinen mit Schutzumschlag
ISBN 3-12-905021-3

Die schwarze Madonna
Erzählungen Band 3
287 Seiten, Leinen mit Schutzumschlag
ISBN 3-608-95237-3

Klett-Cotta

Postfach 10 60 16, 7000 Stuttgart 10